명품강사를 꿈꾸다

대한민국명품강사1000인회 공동저서

명품강사를 꿈꾸다

초판 1쇄 인쇄일 2017년 6월 1일
초판 1쇄 발행일 2017년 6월 9일

지은이 신길수 김미숙 김미영 김윤식 박세헌 연창수
　　　유석영 이경희 이나연 이영애 황현정
펴낸이 양옥매
디자인 남다희
교　정 임수연

펴낸곳 도서출판 책과나무
출판등록 제2012-000376
주소 서울특별시 마포구 방울내로 79 이노빌딩 302호
대표전화 02.372.1537　**팩스** 02.372.1538
이메일 booknamu2007@naver.com
홈페이지 www.booknamu.com
ISBN 979-11-5776-432-7(03810)

이 도서의 국립중앙도서관 출판시도서목록(CIP)은 서지정보유통지원 시스템
홈페이지(http://seoji.nl.go.kr)와 국가자료공동목록시스템
(http://www.nl.go.kr/kolisnet)에서 이용하실 수 있습니다.
(CIP제어번호 : CIP2017012388)

대한민국명품강사1000인회

명품강사를 꿈꾸다

· 신길수 · 김미숙 · 김미영 · 김윤식 · 박세헌 · 연창수 ·
· 유석영 · 이경희 · 이나연 · 이영애 · 황현정 ·

내일의 명품 강사, 당신도 될 수 있습니다!

책과나무

책을 펴내며

이 세상 사람은 누구나 꿈을 가지고 있다. 그 꿈의 실현이 미리 정해져 있는 것은 하나도 없다. 다만 어느 누가 뜨거운 열정을 가지고 최선을 다하느냐에 달려 있다.

우리 대한민국명품강사1000인회가 진행하는 명품강사과정을 밟고 있는 사람들은 이미 중년의 삶을 살아온 사람들이 대부분이다. 30대의 젊은 나이부터 70이 넘으신 분까지 강한 의욕과 뜨거운 열정을 갖고 도전하고 있다.

멈추지 않으면 언젠가는 자신이 원하는 것을 이룰 것이다. 오프라인으로 진행하는 강의기법과 강의스킬은 하루아침에 완성할 수 없다. 꾸준한 노력과 불굴의 도전정신만이 완성해 나갈 수 있는 것이다.

강의를 잘하기 위한 또 하나의 방법으로 글쓰기를 지도하는 이유는 자신이 쓰는 글 속에 자신의 생각과 감성, 그리고 감정이 담기기 때문이다. 오랫동안 글쓰기를 습관화하면 많은 것을 얻을 수 있다. 강의를 잘할 수 있는 탄탄한 기틀이 다져지는 것이다. 글쓰기는 단어 하나만 생각해 낼 수 있으면 충분히 가능하다. 사람들은 처음부터 너무 멋진 글쓰기를 상상한다. 처음부터 잘하는 사람은 극히 드물다.

선천적인 재능을 타고난 사람도 그리 흔치 않다. 대부분의 성공한 사람들은 선천적인 재능보다 후천적인 노력에 의해 만들어진다.

어떤 일을 시작할 때 어렵다고 생각하면 한없이 어렵다. 하지만 쉽다고 생각하면 너무도 쉬운 것이다. 무엇보다 중요한 것은 습관이다. 매일 마다 단 몇 줄이라도 글을 쓰는 습관, 책을 읽고 메모하는 습관을 길들여 보라. 그리 길지 않은 시간이 흐른 뒤에 자신 스스로가 성장해 가는 것을 느끼고 발견하게 될 것이다.

강의스킬은 하루아침에 터득할 수 없다. 수많은 명강사들이 갑자기 등장하는 것이 아니다. 시작이 반이라 했다. 명품강사과정이 시작된 지 반년이 훌쩍 지났다. 이 책이 나올 때면 1년도 채 되지 않은 시점이다. 지역마다 다소 차이는 있지만 얼마나 가슴 벅차고 설레는 일인가.

누군가는 함께 시작을 했지만 사정이 여의치 않아 중도에 하차하기도 한다. 누군가는 수많은 갈등 속에서도 꿋꿋하게 버티고 있다. 또 다른 누군가는 강한 의욕과 열정을 가지고 반드시 명품강사가 되기 위해 최선을 다한다. 시간은 멈추지 않고 쉼 없이 흘러간다. 머지않아 자신이 원하는 멋진 명품강사가 끊임없이 탄생할 것이다. 제자들의 성장을 기대하며 청출어람의 모습을 평생토록 보고 싶다. 반드시 그리 될 것이라 확신한다.

성공!
누구나 꿈꾸는 것이다. 하지만 아무나 이룰 수 없다. 성공은 반드시 노력의 대가로 이루는 것이다. 노력한 만큼의 대가는 반드시 존재한다.

명품강사의 길!
그리 간단하고 쉽지만은 않은 길이다. 하지만 누군가는 해야 할 일이고 만들어 갈 일이기에 우리가 함께 노력하는 것이다. 반드시 명품강사를 탄생시켜 대한민국에 밝고 희망찬 메시지가 울려 퍼지게 할 것이다. 국민들에게 희망과 비전을 주고 새로운 도전을 할 수 있는 계기를 마련해 주고 싶다. 삶은 끊임없이 움직이는 활동이다. 활동하지 않는 삶은 의미가 없다. 삶이란 살아 움직일 때 삶인 것이다. 움직이지 않거나 행동하지 않는 삶은 죽음과도 같다.

이번 공동저서를 펴내기까지 쉽지 않은 과정이었다. 공동저서에 참여한 미래의 명품강사와 계속 이어질 공동저서, 자신만의 브랜드 가치를 높여줄 개인 저서에 이르기까지 많은 발전이 있을 것이라 확신한다.
울산, 양구, 부산, 대구, 서울, 청주지역에서 명품강사를 꿈꾸는 소중한 분들의 꿈이 반드시 이루어지길 기원한다. 부족한 나를 평생의 멘토로 여기며 함께 가는 소중한 제자들에게 가슴 깊이 고마움을 전한다.

2017년 6월

대표저자 신 길 수

글 싣는 순서

김미영 • 새로운 도전은 삶을 활기차게 한다

김윤식 • 도전 없이 이루어지는 것은 없다

박세헌 • 희망이 행복을 만든다

연창수 • 인생은 창업이다

유석영 • 필연과 우연이 내게 준 선물

이경희 • 우리가 꿈꾸는 세상

이나연 • 새로운 희망을 꿈꾼다

세 치 혀 의 위 력

소중한 땅의 가치

나 는 누 구 인 가 ?

칭찬하는 문화

진정한 행복

성공하는 사람은

멈추지 않으면
반드시 성공한다

—

신 길 수

경제학박사, 문화평론가, 언론칼럼리스트,
2012여수세계박람회 문화예술 자문위원,
2013오송화장품뷰티세계박람회 명예홍보대사,
민주평화통일자문회의 자문위원, 한국스피치아카데미협회장,
한국두뇌계발교육연구회장, 청주기적의도서관 운영위원
청주대학교 경제학과 교수

처음부터 많은 것을 얻기란 쉽지 않다.
시작과 동시에 많은 성장을 할 수도 없다.
하지만 우리 명품강사과정에 참여하는 사람들은 무언가 다르다.
멋진 강사를 꿈꾸는 순간부터 명품강사가 되고 있다.
강의기법과 스킬을 배우면서 멋쩍어하는 모습도 잠시뿐이다.
글을 쓰면서 머뭇거리는 것도 그리 오래가지 않는다.
머지않아 전국에서 명품강사의 등장을 기대해도 좋다.
멈추지 않으면 반드시 성공한다는 것을 보여줄 것이다.

🌾 소중한 땀의 가치

사람들은 힘들고 어려운 일을 통해 소중한 땀의 가치를 느끼곤 한다. 사람마다 하는 일은 모두 다르다. 어떤 사람은 두뇌를 활용하여 연구하는 일을 하고, 어떤 이는 특별한 기술이나 학력이 부족해서 단순한 육체노동을 하기도 한다.

요즘 우리 주변에는 의지와 끈기가 약한 사람들이 많이 보인다. 굳이 땀 흘려 가며 힘든 일을 하려 하지 않고 편한 자리를 선호한다. 때로는 쉬운 일도 할 수 있지만 자신이 생각하지 못한 어렵고 힘든 일도 해야만 한다. 그것을 통해 우리는 인내심과 극기정신을 키워 나가는 것이다. 쉬움과 어려움, 행복과 불행, 기쁨과 즐거움이 수없이 교차한다. 이것이 바로 인생이다.

생명이 필요한 사람에게 생명을 연장해 주고, 명예가 필요한 사람에게 명예를 준다면 그 사람들은 과연 만족한 생활을 할 수 있을까. 결코 그렇지 않을 것이다. 왜냐하면 사람의 욕심은 무한하기 때문이다. 지나친 욕심이 화를 불러일으키는 경우를 우리는 종종 볼 수 있다.

우연이나 요행이 가져다 준 것은 결코 오래가지 않는다. 내 자신이 쏟은 열정이나 노력의 결과만이 바로 내 자신의 것이다. 내가 원하는 일을 위해, 현실에 당면한 일을 위해 땀 흘려 일할 때 만족도와 성취감은 높아지며 그 땀의 가치는 소중하다. 내가 흘린 한 방울의 땀의 가치를 다시 한 번 느낄 수 있는 소중한 기회를 만들어 보라.

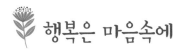

행복은 마음속에

우리는 모두 똑같은 사람들이다. 어떤 이는 아무 말 없이 그저 묵묵히 미소 지으며 행복해하기도 하고, 어떤 이는 잠시도 안정하지 못하고 안절부절 초조함 속에서 불안함을 떨쳐 버리지 못하고 있다.

행복은 멀리 있는 것이 아니다. 외면에 있는 것이 아니고 자신 안에 존재하는 것이다. 그 행복은 자신의 모습에서 밝은 미소와 함께 나타난다. 그러므로 진정한 행복은 외면적인 권력이나 명예, 부로서는 한계가 있다. 바로 자신의 마음속에 존재하는 것이 진정한 행복이다. 또한 행복은 바로 '내가 행복한 사람'이라고 생각할 때 가치가 있는 것이다.

행복은 만드는 것보다 지키는 것이 더욱 중요하다. 자신의 소중한 행복을 위해 끊임없이 노력하고 열정을 쏟아야만 한다. 지금 행복하다고 너무 좋아할 것도 아니며, 당장 불행하다고 너무 비관하거나 슬퍼할 일이 아니다. 행복과 불행은 마음먹기에 달려 있다. 행복과 불행은 돌고 도는 것이다.

어제도 그랬듯이 오늘도, 내일도 우리는 새로운 도전을 통해 행복을 추구한다. 그 행복이 내게 다가오도록 말이다. 내 마음속 깊은 곳에 늘 행복이 존재하고 있다고 생각하라. 행복은 마음먹기에 달려 있는 것이므로.

세 번의 기회

우리는 흔히 인생에서 세 번의 기회가 온다 한다. 자신이 노력한 결과만큼 되돌아오는 것이 바로 인생이다.

노력은 하지 않고 감나무 아래에서 감이 떨어지길 바라는 사람이 감을 먹을 수 있는 확률은 낮다. 그 감은 오랫동안 홍시가 되어 그 사람이 잠시 잠든 사이에 엉뚱한 곳으로 떨어져 먹지 못할 확률이 더 높다. 그런 사람에게는 인생에서 단 한 번의 기회도 오지 않는다. 반면 자신의 일에 대한 은근한 끈기와 인내심으로 최선의 노력을 다하는 사람에게는 세 번이 아닌 열 번의 기회도 올 수 있다.

기회는 우리 주변에서 수없이 스쳐 지나간다. '이것이 정말 내게 다가온 기회인가?, 다음에 더 좋은 기회가 오겠지.' 하고 생각하다가 기회를 놓쳐 버리는 경우도 많을 것이다. 인생에서의 기회가 언제쯤 다가오고 이것이 정말 내가 선택해야 할 기회인지에 대한 혜안을 가지고 있다면 얼마나 좋을까?

어떤 일을 시작도 해보기 전에 미리 포기해 버린다면 아쉬움과 실망이 클 것이다. 인생에서 여러 번의 기회를 만들기 위해서는 도전 없이는 불가능하다. 무한한 도전 속에 세 번의 기회가 아닌 더 많은 기회를 만들 수 있는 것이다. 도전을 두려워하지 마라. 도전을 두려워하는 자는 기회를 얻을 자격이 없다.

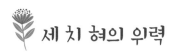# 세 치 혀의 위력

일찍이 우리나라에서는 말하는 것보다 듣는 것을 더욱 중시해 '웅변은 은이요, 침묵은 금'이라는 말이 유행하기도 했다. 하지만 요즘은 자기표현의 시대이기에 의사표현을 제대로 할 줄 알아야 한다. 자칫 침묵을 지키고 있다가는 자신의 생각과 전혀 다른 방향으로 흘러갈 수 있다. 나의 주장도 중요하지만 상대방의 입장이나 주장도 중요하다. 상대방의 의견을 존중해 주고 상대방의 말이 옳다면 인정할 줄 알아야 한다.

우리는 가끔씩 '세치 혀의 위력'을 실감하곤 한다. 말은 한 번 내뱉으면 다시 주워 담지 못하는 것이다. 말을 할 때에는 신중히 생각하고 말해야 한다. 세 번 생각하고 한 마디를 하라는 삼사일언(三思一言)이란 말이 있듯이 말 한마디는 참으로 중요하다.

쉽게 내던지는 말 한마디가 상대방에게 상처를 주고 거리감을 가져온다. 성의 있는 태도와 입조심, 말조심으로 타인에게 상처주지 않는 공동체 생활을 해야 한다. 자기주장이 너무 강한 사람에게는 사람이 따르지 않는다. 말보다는 행동으로 실천하는 사람을 인정하는 시대이기 때문이다. 말없이 묵묵히 자신의 일에 최선을 다하는 사람의 모습은 든든하고 아름다운 것이다.

문화성 지수를 키워라

문화가 우리 삶의 총체적인 생활양식이라고 한다면 분명 모두에게 문화성지수를 키우는 일은 중요한 것이다. 어린 시절부터 키워 가는 문화에 대한 관심과 문화체험을 통한 문화적인 감각이야말로 훗날 성인이 되어 지도자로서의 중요한 덕목이 될 것이다.

앞으로는 누구든 문화성지수(CQ. Cultural Quotient)를 키워나가야 한다.

기성세대들이 문화적인 혜택을 제대로 받지 못하고 성장한 환경이었다면 지금은 얼마든지 문화마인드만 갖추어 있다면 문화혜택을 원하는 만큼 얻을 수 있는 환경적인 뒷받침이 이루어지고 있다. 다양한 공연과 전시는 물론 크고 작은 축제와 행사야말로 어린이와 청소년들에게 꿈과 희망, 문화마인드를 키워 줄 수 있는 소중한 기회인 것이다.

특히 우리 주변에 있는 소중한 문화유산을 자주 접하는 것이 무엇보다 중요하다. 살아있는 역사를 느낄 수 있는 문화재를 찾다보면 훌륭한 선조들의 숨결을 느낄 수 있다. 보다 적극적인 자세로 문화적인 요소에 다가가야 삶의 질 향상과 더불어 문화마인드와 문화적인 감각을 익힐 수 있다.

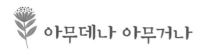

아무데나 아무거나

식사 때가 되면 우리는 어느 음식점으로 갈까 하고 고민을 한다. 어디로 갈까 하는 질문에 무심코 '아무데나'라고 말한다. 또 식당에 들어서서 무엇을 먹을까 물으면 여지없이 '아무거나'라고 대답한다. 참으로 막연하고 어처구니없는 표현이 아닐 수 없다. 의사표현의 정체성을 상실한 느낌이다.

어떤 상황, 어떤 경우라도 자신의 말에 책임을 져야 한다. '나이 40이 넘으면 자신의 얼굴에 책임을 지라.'는 말이 있다. 자신이 한 말, 자신의 행동에 책임을 져야 한다는 말이다. 이제껏 생활해온 습관을 하루아침에 바꾸기란 쉽지 않다. 하지만 아닌 것은 분명 아니다. 애매한 의사표현, 불확실한 생각이 많은 사람들에게 혼선을 빚게 만든다. 자신의 의사를 보다 자신 있게 표현할 줄 아는 자세가 필요하다.

우리 주변의 작은 일에서부터 의사표현을 분명히 하는 습관을 길들여 보자. 자신의 인생은 자기 자신이 책임져야 한다. 자신감이 부족하고 표현력이 부족한 가운데 지금까지 그럭저럭 살아왔다고 하더라도 이제부터 잘못된 것은 바꾸어야 한다. 분명하고 자신 있는 의사표현을 할 줄 아는 자신 있는 삶의 주인공이 되어 보자.

🌿 나는 누구인가?

많은 사람들이 인생을 살아가면서 수없이 자아정체성 문제에 부딪히곤 한다. 내 자신이 누구인지, 내가 무엇을 하고 있는지, 지금 내가 하고 있는 일은 진정 내 자신이 원해서 하는 일인지 등에 관해 많은 혼선과 갈등이 생긴다.

특히 대학 진학을 할 시기나 대학을 다니면서 취업을 할 시기가 되면 이런 자아정체성이나 진로의 문제에 대한 심각한 딜레마에 빠지기 쉽다. 우리나라처럼 학력과 인맥을 중시하는 사회에서는 특히 자신의 의지가 강하지 않고서는 갈등에 빠질 가능성이 크다.

내 자신이 누구인지 정체성이 확립되지 않고서는 의미 있는 인생을 살아가기가 쉽지 않다. 복잡하고 다양화되어 가는 사회에서 존재가치를 인정받기 위해서는 자신의 강한 의지와 내가 누군가 하는 자아정체성을 확립하는 것이 무엇보다 중요하다.

'안 되면 남의 탓, 잘되면 내 탓'이라는 말이 있듯이 남의 탓을 하기 전에 자신을 먼저 돌아보고 다시 한 번 점검하는 기회를 만들어 보자. 내 자신을 정확히 파악하고 보다 가치 있는 인생을 위해 자아정체성을 확립하고 자존감을 높이는 노력을 해야 한다.

대한민국명강사1000인외 공동저서 · 명품강사들 뭉치다

🌸 칭찬하는 문화

칭찬을 받고 자란 아이는 긍정적이고 진취적이며 매사에 적극적인 태도를 가지고 생활한다. 반면 그렇지 못한 아이는 소극적이며 부정적인 시각으로 세상을 바라보는 면이 많다고 한다. 어른들도 마찬가지다.

칭찬은 어른이나 아이, 심지어는 노인 분들에게까지도 보약이 된다. 남녀노소를 불문하고 칭찬이 보약이 된다니 무슨 이야기일까 싶겠지만 분명 칭찬은 사람에게 활력소와 에너지를 전해 준다. 그 에너지는 사람의 몸에 플러스(+) 작용을 하여 그대로 외부로 표출된다. 칭찬을 받으면 사람은 기분이 좋아진다. 기분이 좋아지면 엔도르핀이 솟아나고 활기를 찾게 된다. 활기를 띤 사람은 매사에 적극적이며 긍정적인 생각을 가지고 참여할 수 있다. 그렇기 때문에 칭찬은 만사에 긍정적인 측면을 가져다주는 보약과 같다.

칭찬하는 문화가 우리 사회에 뿌리내릴 때 악은 점차 사라지고 모든 일이 잘 풀릴 것이라 믿는다. 돈이 들지 않는 간단한 말 한마디의 칭찬이라고 해서 가볍게 생각하거나 건성으로 해서는 안 된다. 칭찬에는 마음에서 우러나오는 진심이 담겨 있어야 한다.

따뜻한 한 마디의 칭찬이 밝은 사회를 만든다는 생각으로 오늘도 한 마디의 칭찬으로 기분 좋은 하루를 시작해 보자.

감사하는 마음

　수없이 많은 사람들과의 만남 속에서 우리는 서로간의 관계와 믿음, 신뢰를 쌓아 가며 생활하고 있다. 주변 사람들에게 도움을 주기도 하고, 도움을 받기도 한다. 우리는 고마움에 대한 감사의 표현이나 실수에 대한 사과 등에 대해 매우 인색하다. 자신이 도움을 받고도 고맙다는 인사를 제대로 하지 않고 자신이 실수를 저지르고도 미안하다는 말을 좀처럼 하지 않는다.

　자신의 잘못을 인정하고 진심에서 우러나오는 마음으로 사과할 줄 아는 마음, 고마움에 대한 감사의 표현을 할 줄 알아야 한다. 고마움과 미안함의 표현은 빠르면 빠를수록 좋다.

　진심과 성의를 다하는 만남은 주변에서 인정받는다. 또한 그 만남의 소중한 관계는 서로 노력함으로써 오래도록 유지될 수 있다. 만남에 대한 감사한 마음, 내 자신에게 있어 상대방에 대한 소중한 마음을 늘 지녀야만 한다.

　오늘도 이 세상에 존재할 수 있게 해준 데 대한 감사하는 마음으로 기분 좋은 하루를 열어간다. 내 자신이 존재하는 이유를 느끼면서 말이다.

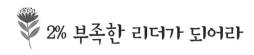

2% 부족한 리더가 되어라

　인간의 능력이 한계에 부딪히는 것을 우리는 종종 접할 수 있다. 나 혼자 모든 것을 진행하고 만들려는 무모한 생각, 자기중심적인 생각은 발전보다 퇴보를 가져온다는 것을 명심해야 한다. 우리 사회는 공동체 사회다. 사회 구성원 각자가 서로 다른 위치에서 자신이 해야 할 일이 있다. 모든 일을 자기 혼자의 힘으로 하려는 사람들이 종종 있다. 물론 자신의 능력이 뛰어나 자신 스스로가 모든 것을 해결한다면 그만큼 좋은 것은 없다. 하지만 조물주는 한 사람에게 너무 많은 재능을 주지 않는다.

　모든 일에는 순리대로 자신이 해야 할 일이 있다. 훌륭한 리더는 2%가 부족해야 한다는 말이 있다. 너무 완벽한 리더에게는 사람이 따르지 않는다. 다소 부족한듯하면서 자신이 하지 못하는 일을 구성원에게 맡겨 효율적인 업무처리를 하는 사람이 훌륭한 리더이다. 역할분담을 통해 소속감과 책임감을 가질 수 있도록 기회를 주고 동기부여를 갖게 할 필요가 있다.

　구성원들이 공동체 의식을 느끼고 책임감을 가져 자신이 맡은 일을 열심히 할 때 조직의 분위기는 가족적이며 즐거운 공간이 될 것이다.

진정한 행복

행복은 겉으로 보이는 외형에 있는 것보다 보이지 않는 내면의 세계에 있는 것이 훨씬 가치 있고 깊이 있는 것이다. 진정한 행복은 바로 마음에 있다. 지금 잠시 힘들다고 자신을 버리거나 내팽개쳐서는 안 된다. 희망을 잃지 않고 최선을 다해 노력한다면 자신이 바라는 행복은 반드시 찾아올 것이다.

쉽지는 않겠지만 마음의 여유를 가지고 철저한 계획과 도약을 준비할 필요가 있다. 흔히 실패하는 데는 두 가지 이유가 있다고 한다. 한 가지는 성공을 위해서 최선의 노력을 다하지 않은 것, 다른 한 가지는 자신이 성공을 하기 위한 적합한 일을 찾지 못한 것이라고 한다.

진인사대천명(盡人事待天命)이란 말이 있듯이 최선을 다한 후에 결과를 하늘에 맡긴다고 했는데, 최선을 다하지 않고 결과를 기다린다면 그 결과는 뻔하다.

자신이 무엇을 해야 할 것인가를 정확히 판단하여 성공을 위해 전력 질주할 때 성공의 길과 행복은 찾아오는 것이다. 운동선수가 훈련을 게을리 하면 신기록을 세울 수 없듯이 인생에서도 마찬가지다. 자신이 하고자 하는 일에 최선을 다하는 모습에서 행복을 찾을 수 있다.

내 나이가 어때서

세상이 어수선하고 복잡해지다 보니 사람들의 마음도 변하게 된다. 순수했던 마음이 이해타산을 따지는 마음으로 변하기도 하고 상대방을 바라보는 시선도 예사롭지 않다. 아마도 경제위기 탓인 모양이다. 하지만 이 세상이 쉽게 변하고 복잡하다 해도 순수한 인간미는 변하지 않아야 한다.

나이가 들면 세월이 빠르게 흐르는 것을 느낀다고 한다. 지금까지 살아온 날보다 앞으로 살 수 있는 날이 적다고 생각하는 사람들에게는 더욱 아쉬움이 크다. 예전의 '인생은 60부터'란 말이 70도 아닌 '인생은 80부터'로 트렌드가 바뀌고 있다. '나이는 숫자에 불과하다.'는 말처럼 나이보다 더 중요한 것은 바로 마음가짐이다. 바로 내 나이가 어때서.

건강은 육체에서부터 생기는 것이 아니라 건전한 정신으로부터 비롯되는 것이다. 젊다고 건강하거나 나이가 들었다고 아픈 것이 아니다. 젊어도 육체와 정신이 아픈 사람도 있고, 나이 들어도 육체와 정신이 건강한 사람이 있다. 나약한 젊은이들은 건강한 어르신들의 모습을 보고 많은 반성을 통해 더욱 강하게 변해야만 할 것이다. 무한경쟁시대에서 살아남기 위해서는 나약한 사람에게는 기회를 주지 않기 때문이다.

행복의 조건

사람들은 모두들 행복해지길 바란다. 행복한 삶은 누구에게나 가능성이 열려 있다. 하지만 노력이 뒤따르지 않고서 행복해질 수는 없다. 행복에 이르기까지 고통과 시련, 어려움도 수반한다. 힘든 고통과 역경을 참고 견뎌 내며 이를 극복할 때 행복은 가까이 다가오는 것이다.

행복의 기준도 사람마다 다르다. 어떤 사람은 행복의 조건을 경제적인 요인으로 생각하며, 어떤 이들은 명예나 권력에 치중하기도 한다. 더불어 사는 세상에서는 어느 한 사람만의 행복을 기대하기 어렵다. 모두가 다 함께 행복해지는 것이 진정한 행복의 조건이다.

가족 간에도 행복의 가치기준이 다를 수 있다. 어떤 사안에 대한 사람들의 의견이 다르듯이 행복에 대한 가치기준이 다른 것은 당연하다. 다만 서로의 의견을 중시하고 인정해 주는 문화가 뿌리내려야한다. 민주주의 사회에서는 다수결 원칙을 따른다. 그런데 다수결을 중시한다 하여 소수의 의견을 무시하는 것이 아니라 소수의 의견까지도 존중해 주는 것이 진정한 민주주의이다.

모든 사람들은 행복한 인생을 살아가기 위한 수많은 노력을 하고있다. 자신의 위치에서 최선을 다하는 모습이 행복해지기 위한 과정인 것이다. 그런데 우리의 문화는 아직도 과정보다 결과를 중시하고 있다. 하지만 중요한 것은 결과보다 과정이다. 결과만 보고 그 과정은 인정하려 들지 않는다면 수많은 과정 속에서의 가치는 안타깝게 사라지고 만다. 어떠한 결과가 있기까지 반드시 과정이 있기 마련이다. 과정이 없는 결과는 없다.

모든 사람들이 행복해지길 바란다고 모두가 다 행복해지는 것은 아니다. 스포츠 경기에서도 모두가 승자가 될 수는 없다. 더 많은 훈련과 노력을 한 사람이 승리하기 마련이다. 가끔 운이 좋아 이기는 경우도 있지만 그 운이란 자주 오는 것이 아니다. 끊임없는 노력을 하는 사람이 진정한 행복을 누릴 자격이 있는 것이다. 노력 속에서 운도 따라 주는 것이다.

이처럼 행복은 저절로 찾아오는 것이 아니다. 소중한 땀과 수많은 노력의 결실로 다가오는 것이다. 더 소중한 행복의 가치를 느끼기 위해서는 많은 땀을 흘려야만 한다.

성공하는 사람은

성공하는 사람은 긍정적이다.

성공하는 사람은 진취적이다.

성공하는 사람은 부지런하다.

성공하는 사람은 무언가 다르다.

성공하는 사람은 성공습관을 만든다.

성공하는 사람은 다 그 이유가 있다.

성공하는 사람은 남들과 다르게 행동한다.

그래서 성공할 수밖에 없다.

그 성공의 주인공이 바로 나 자신이다.

당신은 정말로 소중한 사람입니다

사람은 어느 누구나 소중하다. 생명이 있는 모든 것은 소중하고 고귀한 것이다. 특히 만물의 영장인 사람의 존엄성은 굳이 말로 표현하지 않아도 될 것이다. 사람의 가치는 자신이 스스로 만들어가야만 한다. 어떤 환경이나 여건이 그 가치를 만들어주기도 하지만 중요한 것은 그 환경이나 여건조차도 자신이 만들어가야 한다는 것이다. 우리에게는 무한한 가능성이 있다. 가능성은 희망을 가져다주며 그 희망은 성공을 만들어가는 것이다. 성공은 이루라고 있는 것이다.

누군가 자신에게 용기를 주고 자신 스스로가 새로운 일에 도전할 수 있는 의욕과 열정이 남아있다면 무조건 도전해 보아야 한다. 시간은 여지없이 흐르기 마련이다. 오늘이 지나면 이 시간은 영원히 돌아오지 않는다. 인생에서의 기회는 수없이 찾아온다. 하지만 모든 사람에게 기회가 다가오는 것은 아니다. 열심히 노력하는 사람에게는 열 번 이상 기회가 찾아오기도 한다.

우리의 삶은 참으로 냉정하다. 자신이 뿌린 만큼 거두게 되어있다. 자신의 삶을 타인이 대신할 수 없듯이 자신의 성공도 자신 스스로 만들어가야만 한다. 우리는 소중하기에 인정받으며 살아가야만 한다. 모든 사람은 그럴만한 충분한 가치가 있기 때문이다.

'이 세상을 살아가는 당신은 정말로 소중한 사람입니다.'

언제나 좋은 일이
가득한 인생

—

김 미 숙

주식회사 원디앤씨 이사
원광디지털대학교 재학 중
한국스피치아카데미협회 이사
한국두뇌계발교육연구회 강사

'햇빛은 달콤하고, 비는 상쾌하고,
바람은 시원하며, 눈은 기분을 들뜨게 만든다.
세상에 나쁜 날씨란 없다. 서로 다른 종류의 좋은 날씨만 있을 뿐이다.'
평소에 좋아하는 존 러스킨의 글이다.
주어진 환경을 어떻게 받아들이는가에 따라 삶의 방향이 달라진다.
내 삶의 행복과 불행은 내 맘속에 있다.
지금 세차게 불어오는 바람도 반가이 맞이한다.
나를 하늘 높이 날게 해줄 역풍도 고맙다.
좋은 기회 만들어 주신 교수님께 진심으로 감사드립니다.

성공은 꿈꾸고 도전하는 사람의 것

'그대는 뭘 해도 될 사람입니다.' 어느 책에서 본 글귀가 마음을 사로잡는다. 세상에서 가장 소중한 사람은 바로 나다. 나는 무엇이든 할 수 있는 귀한 존재다. 꿈꾸지 않는 사람은 도전하지 못한다. 목표를 정하고 나면 어떤 길을 어떤 방법으로 갈 것인지 그려진다.

나는 '바람은 마음을 부러워한다'는 장자(莊子)의 풍연심(風燃心)을 좋아한다. 기는 지네를 부러워하고, 지네는 뱀을 부러워하고, 뱀은 바람을 부러워하고, 바람은 눈을 부러워하고, 눈은 마음을 부러워하고, 마음은 기를 부러워한다. 옛날 전설의 동물 중에 발이 하나밖에 없는 기(夔)라는 동물이 있었다. 기(夔)라는 동물은 발이 하나밖에 없기에 발이 100여 개나 되는 지네를 몹시 부러워했다. 지네는 발이 없는 뱀을 부러워하고, 뱀은 마음대로 다닐 수 있는 바람을 부러워했다. 바람은 또 가만히 있어도 어디든 갈 수 있는 눈(目)을 부러워했고, 눈은 무엇이든 상상할 수 있는 마음(心)을 부러워했다. 마음에게 "당신은 세상에 부러운 것이 없습니까?" 하고 물으니 마음은 의외로 "제가 가장 부러워하는 것은 전설상 동물인 외발 달린 기(夔)"라고 답했다는 것이다. 어쩌면 모든 사람들은 남을 부러워하는지 모른다. 내가 이루지 못한 것, 내가 가지지 못한 것을 부러워한다. 끊임없이 서로를 부러워하며 자신을 탓하고 심지어 부모를 원망하기도 한다. '재벌 2세가 꿈인데 부모님이 협조를 해주지 않아서 이루지 못한다.'는 우스갯소리가 있다. 참으로 안타까운 일이다. 내 능력으로 이루려 하지 않고 성공한 자의 것을 누리려고만 하는 사고방식이다. 어느 부모가 자식에게 풍요로운 삶을 주고 싶지 않겠는가. 부모라는 존재 자체만으로도 감사해야 한다. 이 세상에 태어나게 해주신 것만으로도 진심으로 감사하고 또 감사해야 한다. 주어진 환경이 변하지 않는다면 나를 변화시키면 된다. 어떤 꿈이든 크게 꾸자. 다른 사람의 꿈이 아닌 나의 꿈을 꾸는 것이다. 꿈을 이루기 위한 방법을 찾고 도전해 보자. 그리고 꿈을 이룬 자신의 모습을 상상해 보자.꿈을 향해 가는 길이 힘들 때 함께 가는 파트너가 있다면 더할 수 없이 기쁜 일이다.

훌륭한 스승을 만나면 50퍼센트는 성공한 것이며, 함께하는 좋은 파트너가 있다면 30퍼센트는 성공한 것이라 한다. 나머지 20퍼센트는 멈추지 않고 꾸준히 노력하는 것이다. 비가 올 때까지 춤을 추는 집시처럼 절대 포기하지 않는 것이다. 훌륭한 스승과 멋진 동무가 함께 가는 길, 나는 멈추지 않고 꼭 이룰 것이다.

"나는 나를 믿고 응원한다."

아직은 나무에 푸른빛이 많이 남아 있지만 바람은 성큼 가을을 동반해 찾아왔다. 푸른 나무 아래 가을 들판이 풍요롭다. 풍요로운 황금 들판 너머로 잔잔한 호수가 일렁인다. 가을 호수는 살랑거리는 구름을 품는다. 하늘도 호수도 온통 가을빛으로 익어간다. 가을 단풍은 나무가 물드는 것이 아니라 겨울을 나기 위한 준비라고 한다.

나무는 추워지기 전에 온몸에 품고 있는 물기를 버린다. 그렇게 물기를 버리며 잎을 곱게 물들여 간다. 우리네 인생도 나무와 같지 않을까. 봄에 뿌리를 내리고 잎을 피우듯 학창시절을 보낸다. 대학에 진학하고 졸업을 하면 취업을 한다. 이때 푸른 잎이 무성하듯 인생의 뜨거운 여름을 보낸다. 마치 여름이 끝인 것처럼 열정을 다 쏟는다. 하지만 기나긴 여름 뒤에 찾아올 가을을 미리 준비해야만 한다. 조금씩 물기를 버리는 나무처럼 욕심과 집착을 버리고 마음을 비우는 연습을 해야 한다. 그렇게 마음을 나누어 곱게 물들 가을 단풍을 준비한다. '곱게 물든 단풍이 봄꽃보다 아름답다'고 하지 않던가. 인생의 가을을 준비해야 하는 나이에 들어서니 생각이 많아진다.

채우려는 욕심보다는 작은 것이라도 나눌 수 있는 넉넉한 마음가짐이 필요한 때이다. 눈 덮인 포근한 겨울을 기다리는 설렘으로 가을을 준비한다. 단풍보다 더 고운 가을을 준비하는 감성이 살아있는 건강한 중년에 감사한다.

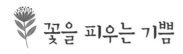

꽃을 피우는 기쁨

겨울비 사이사이로 진눈깨비가 흩날린다. 남도의 겨울은 눈보다는 비가 많다. 가로수는 무성한 초록 잎에 빨간 열매를 가득 품고 있다. 마치 크리스마스트리 전시장에 와있는 느낌이다. 공원의 동백나무는 붉은 꽃을 가득 피우고 있다. 아파트 담장에는 듬성듬성 넝쿨장미가 피어 있는 곳도 있다.

봄꽃과 겨울 꽃이 함께 피는 색다른 경험이 남도에서는 가능하다. 이따금 가볍게 흩날리는 눈이 아니면 계절을 가늠하기 어려울 정도다. 어쩌면 사람 사는 모습도 크게 다르지 않다고 생각한다. 우리가 생각하는 것보다 일찍 꽃을 피워 주변의 부러움을 받는 사람이 있다. 그만큼 많은 고통과 시련을 이겨내고 노력한 결과인 것이다. 어떤 사람은 기대보다 늦게 꽃을 피우고 열매를 맺는다. 남들보다 늦더라도 포기하지 않은 결과이다.

사람은 누구나 인생에 한 번은 아름답고 향기로운 꽃을 피운다. 꽃피우기를 원한다면 절대 환경을 탓하지 말아야 한다. 절대 포기하지 말고 최선을 다해 노력해야만 한다. 꽃의 크기나 향기는 다르겠지만 각자가 원하는 꽃을 반드시 피울 것이라 믿는다. 나만의 향기로 가득 찬 아름다운 꽃을 생각하며 멈추지 않을 것을 다짐한다.

중년의 설렘은 축복이다

읽고 싶은 책이 있어 서점에 갔다. 책이 나오는 날짜에 맞춰서 갔는데 책이 없단다. 출간돼도 책이 서점까지 오려면 일주일 정도 걸린다고 한다. 예약을 해놓고는 서점 안으로 들어간다.

어떤 사람은 인터넷으로 구입하면 할인도 되고 편한데 군이 서점에까지 가느냐고 한다. 요즘은 e-book도 있어 저렴한 가격으로 책을 구입해 스마트폰에 저장해 두고 편리하게 읽을 수 있다. 하지만 나는 종이로 된 책이 좋다. 한 장 한 장 넘길 때 느껴지는 손끝의 촉감이 좋다. 사각거리는 책장 넘기는 소리가 하나의 음악처럼 정겹게 들린다.

조금 불편해도 나는 서점이 좋다. 책들 사이를 천천히 기웃거리며 노는 재미도 쏠쏠하다. 기분이 우울할 때는 서점에 들어가 시집 한 권을 집어 든다. 손끝에 닿는 대로 꺼내 읽다 보면 거짓말처럼 위로가 되는 시가 있다. 이 얼마나 즐겁고 경제적인가. 책을 사지 않고도 누릴 수 있는 소소한 기쁨이다.

책을 집어 들고 첫 장을 넘기며 어떤 내용일까 하는 기대와 설렘을 즐겨본다. 가끔은 표지나 제목만 보고 넘겨봤다가 실망하기도 한다. 때로는 커다란 기대 없이 무심코 넘겨 보다 한 순간에 가슴으로 들어오는 책도 있다. 그때의 기쁨이란 이루 말할 수 없다.

시간이 허락할 때는 책을 들고 편안한 찻집에 가서 천천히 읽는 호

대한민국명품강사1000인회 공동저서 · 명품강사를 만나다

사를 누리기도 한다. 중년이 되면 동안보다는 동심이 필요하다고 한다. 작은 들꽃을 보고 허리 숙여 바라보고 예뻐하는 마음, 나풀거리는 나뭇잎에도 감동할 줄 아는 소녀감성이 필요하다. 감성이 풍부한 사람은 작은 일에도 고마워할 줄 안다. 다른 사람을 위해 작은 배려를 할 줄도 안다.

나이 들수록 자신의 품격을 지켜야 한다. 나이 들어 얼굴에 주름이 생기는 것은 당연한 일이다. 굳이 보톡스 주사를 맞고 수술을 하는 호들갑은 떨지 않아도 된다. 그저 내 나이에 맞는 고운 주름이면 족하다. 조금 욕심을 낸다면 나이보다 몇 년은 젊어 보인다는 인사에 만족한다. 나이 들수록 편안해지고 넉넉해지는 여유에 감사하자.

가끔은 친구에게 꽃을 선물하는 여유를 가질 필요도 있다. 한 다발이 아니어도 좋다. 꽃 한 송이 또는 길가의 작은 풀꽃이어도 충분하다. 꽃을 받고 기뻐할 친구의 얼굴을 떠올리면 설레고 행복할 것이다. 나이 들면 받는 기쁨보다 나누는 행복의 소중함을 깨달아야 한다. 작은 것에 고마워하고 설레는 중년의 감성은 소중한 선물이다. 그 무엇보다 큰 축복이라 할 수 있다.

올 가을에는 좋은 친구와 낙엽 지는 숲길을 걸으며 단풍보다 고운 감성을 나누면 어떨까. 생각만으로도 설렌다. 단풍보다 고운 중년의 감성에 힘찬 박수를 보낸다.

흔들리며 사는 삶도 아름답다

가을로 물든 호수가 눈부시게 아름답다. 바람이 스치는 대로 가을이 흔들린다. 일렁이는 물결 따라 하늘도 나무도 함께 흔들린다. 물가에 피어 있는 갈대가 가을바람에 온몸으로 노래하고 춤춘다. 거센 태풍에도 꿋꿋하게 버텨낸 갈대에게 가을바람은 그저 가벼운 속삭임이다.

삼십대 초반 직장동료와 갈등이 크던 때였다. 동료는 고객과의 약속을 지키지 않아 다른 직원들이 고객에게 약속 불이행에 대해 사과해야 하는 일이 많았다. 그러다 보니 본인이 한 약속은 반드시 지켜야 하는 성격의 나와 자주 부딪쳤다. 힘들어하는 나에게 남편이 이런 말을 했다. "이 사람아, 너무 강해도 부러지는 법이야." 그때만해도 남편의 말이 많이 서운했다. 내 편을 들어 줄 거라 기대한 나에게 큰 질책으로 들렸다. 하지만 평소에 말을 많이 아끼는 사람이라 나도 많은 생각을 하게 되었다. 오랜 시간이 지났지만 그때 남편이 해준 한마디가 나를 많이 변하게 했다. 그 후로는 역지사지(易地思之)라고 상대방의 입장에서 생각하는 여유를 갖게 되었다. 거친 바람이 불 때 가지가 꿋꿋한 나무는 잘 부러진다. 하지만 갈대는 바람에 흔들리지만 부러지지 않는다. 내가 반듯하게 성장해야만 상대방을 진심으로 이해하는 마음이 생길 수 있다. 그것이 곧 진정한 배려이고 사랑이다.

🌷 가슴으로 하는 아름다운 사랑

사람이 사람을 사랑하는 것은 아름다운 일이다. 자로 잰 듯 반듯하지 않은 것이 바로 사랑이다. 하나를 주었으니 하나를 받아야겠다는 욕심은 마음의 상처를 남긴다. 주고받는 것이 공평한 것 아니냐고 하지만 어찌 사랑을 하면서 공평하기를 바랄까. 사랑은 거래가 아니다. 그냥 아낌없이 주는 것이다. 내가 상대방을 이만큼 사랑했으니 그만큼 상대방도 나를 사랑해 주기를 바라는 것은 사랑이 아닌 거래다. 내가 주는 것보다 더 큰 것을 바란다면 기대하는 만큼 상처만 커지는 것이다.

두 개를 주고 하나를 받아도 행복한 것이 사랑이다. 아니 열 개를 주고 아무것도 받지 못한다 해도 또다시 주는 것이 진정한 사랑이다. 사랑은 가슴으로 해야 한다. 머리가 시키는 대로 꼭 그만큼만 줄 수 있는 것이 아니다. 여행계획표 짜듯이 그렇게 움직일 수 있는 것도 아니다. 가슴이 느끼는 대로 마음이 가는 대로 그렇게 주고 또 주는 것이 사랑이다. 친구나 연인, 그리고 형제나 부모자식 사이에도 받을 것을 기대한다. 기대하는 마음이 서운함을 가져오고 서운함이 쌓여서 미움이 된다. 내가 준 것은 기억하지 말고 받은 것만 기억한다면 더 많은 것을 줄 수 있을 것이다. 사랑은 주는 것으로 만족해야 한다. 따뜻한 눈빛, 따뜻한 말 한마디가 사람과 사람 사이를 따스하게 한다. 가슴으로 따뜻하게 안아줄 수 있는 행복한 사랑이 가득한 세상을 꿈꾼다.

꼴찌에게도 박수를 보내는 사랑

　며칠 전 고등학교 1학년 딸아이가 모의고사를 보았다. 모의고사 끝난 후 뮤지컬공연을 보기로 하고 학교로 태우러 가는 중에 전화가 왔다. "엄마, 나 영어 몇 점이게?" 지난번보다 많이 잘 봤구나 생각하고 "음~ 80점?" 상기된 목소리로 말하니, 딸은 "아니 83점!" 하고 답한다. "우~ 정말 대단해. 잘했어! 고생했어!" 딸아이는 공연장으로 가는 차안에서 모의고사 본 이야기를 한다. 국어 60점, 수학 38점, 한국사도 30점대, 한 과목은 50점 만점에 10점이란다. 지난번 모의고사 때는 영어가 63점이었으니 그야말로 일취월장이 따로 없다. 남편과 나는 딸아이에게 공부하라는 말을 해본 기억이 거의 없다. 학교 끝나고 오면 오늘은 어떤 신나는 일이 있었는지, 쉬는 시간에 편의점 가서 무얼 먹었는지, 친구와 어떤 장난을 치고 놀았는지 등을 물어본다. 물론 자식이 공부 잘하는 것을 바라지 않는 부모는 없을 것이다. 나 또한 마찬가지다. 하지만 억지로 책상 앞에 앉혀 놓고 감시한다고 되는 것은 아니라고 생각한다. 스스로 필요성을 느낄 때 공부를 즐기면서 재미있게 할 수 있다. 딸아이는 고등학교 입학 후 첫 시험을 보고는 공부를 너무 못한다고 운 적이 있다.

　그때 나는, "시험은 잘 볼 때도 있고 못 볼 때도 있는 거야. 그런데 너는 앞으로 점점 더 잘할 수 있는 아이야. 걱정 마."라고 했다. 정말 그 이후로 딸아이의 성적은 조금씩 나아지고 있다. 딸아이 친

대한민국명품강사1000인회·공동저서·명품강사를 꿈꾸다

구는 시험성적이 오르지 않으면 엄마가 학원을 바꿔 버린다고 한다. 아이의 의견은 전혀 필요 없는 엄마의 일방적인 결정이다. 엄마가 모든 학원을 정하고 아이는 그저 따라가기만 하면 된다. 그런 부모는 딸아이가 쉬는 시간에 친구와 편의점으로 왕복달리기 하는 재미가 얼마나 좋은지에 관심이 없다. 점심을 어떤 친구와 같이 먹는지, 메뉴가 무엇인지에 대해서도 관심이 없다. 딸아이를 그저 등교해서 야간자습까지 끝나고 집에 오는 모범생이라 믿는다. 가끔은 야자 빼먹고 친구와 떡볶이 한 접시로 누리는 재미도 허락하지 않는다.

그렇다고 공부가 중요하지 않다는 것은 아니다. 학창시절 소중한 추억이 평생을 살아가는 데 힘이 되기도 한다. 적어도 내 딸에게 학교가 공부지옥이 아닌 신명나게 즐길 수 있는 곳이기를 바란다.

딸아이에게 학교는 왜 가느냐고 물어본 적이 있다. "밥 먹으러!", "애들 만나러!" 참으로 재미있는 아이다. 한편으로는 어이없기도 하지만 무한긍정인 딸아이가 참으로 예쁘다. 비록 지금은 성적이 좋지는 않다. 하지만 열정 가득한 아이라 목표를 정하면 멈추지 않을 것을 믿는다. 자신이 소중하고 사랑받는 아이라는 것을 아는 우리 딸에게 응원의 박수를 보낸다.

행복은 생각하는 크기만큼 다가온다

행복한 생각을 하면 행복해지고 슬픈 생각을 하면 슬퍼진다. 기쁨도 슬픔도 모두 내 의지에 달려 있다. 행복도 불행도 내 마음 속에 있다. 내가 원하는 미래도 내 의지대로 계획하고 실천해 나가야 한다. 내가 계획하고 다가가는 만큼 행복도 내게로 한 발 한 발 가까이 다가온다. 하지만 다가오는 행복의 기회가 그냥 스쳐 지나가지 않도록 붙잡는 능력도 필요하다. 부족하다면 다가온 기회를 알아보는 능력을 키워야 한다. 행복은 기다린다고 오는 것이 아니다. 내가 꿈꾸고 노력하는 만큼 내가 다가가는 것이다. 행복이 나에게서 달아나는 것이 아니다. 단지 내가 행복을 향해 달려가지 못하는 것이다. 다른 이가 가진 환경이나 조건을 부러워하지 말고 행복을 잡으려 노력해 나가는 그 과정이 바로 행복의 시작이다.

'나는 내가 생각하는 대로 될 것이다.'라는 믿음이 행복의 시작이다. 시작을 망설이지 마라. 시작하지 않고 후회하는 것보다는 도전해보고 실패하는 것이 가치 있는 삶이다. 시작조차 하지 않고 행복이 오지 않는다고 불평하지 말고 시작하라. 실패를 두려워하는 바보가 되지 말자. 포기하지 않는 미련함이 반드시 성공과 행복을 만든다.

지금 그대로의 모습으로

잠시 고개 들어 바라보는 산에는 아직도 산 벚꽃이 화사하게 수를 놓은 듯하다. 진달래의 매혹적인 자태에 눈이 부시고 조팝나무 꽃향기가 코끝에 느껴지는 듯하다. 다양한 초록의 나뭇잎들이 봄의 축제를 절정으로 이끈다. 내가 꽃을 보고 좋아하는 까닭은 꽃이 특별히 내게 무엇을 주어서가 아니다. 내가 행복하면 그것으로 만족한다. 그 자리에 꽃이 피어 있는 것만으로도 감사한 것이다. 사람이 사람을 좋아하는 것도 이와 같은 이치라 생각한다. 그 사람이 내게 무엇을 주어서가 아니다. 그냥 나와 함께할 수 있다는 사실만으로 감사한 것이다. 친구 또한 마찬가지다. 함께 웃고 함께 울며 공감할 수 있는 친구가 있다는 자체만으로 만족하고 감사한다. 친구에게도 바라는 마음이 있으면 서운함이 생긴다. 서운함이 쌓이면 단단하던 우정도 조금씩 흔들리게 된다. 아무리 가까운 친구라도 나와 같을 수는 없다. 상대에게 변화를 요구하지 말고 있는 그대로 존중해 주자. 다양한 친구들 속에서 서로 조금씩 조금씩 물들어 가다 보면 어느새 하나가 되어 가는 행복을 알게 된다. 오랜 세월을 함께하는 친구들에게 참으로 고맙다. 남은 세월도 여전히 함께할 것이라고 믿는다. 백발이 되어 소녀시절의 수줍은 미소를 함께 나눌 친구들 모습에 절로 미소 지어진다.

작은 배려가 따스한 세상을 만든다

한여름 소나기가 아스팔트 열기를 식혀 주고 답답한 가슴까지 시원하게 해준다. 소나기는 대지를 촉촉이 적시고 시들어 가는 꽃들에 생기를 준다. 길가의 가로수는 더욱 선명한 초록으로 시원한 그늘을 만든다. 시원한 소나기가 내리기까지 얼마나 많은 비구름과 비구름이 마주하였을까? 바람에 실려 여기저기 떠돌다 작은 비구름을 만나고 햇살을 만나면 사라지기도 한다. 거센 바람에 다시 흩어지고 만나기를 수없이 반복하다 커다란 비구름을 만난다.

서로 부둥켜안고 빛을 내며 천둥소리로 반가움을 표현하며 흘리는 기쁨의 눈물이 소나기다. 사람과 사람의 만남은 어떠한가? 수없이 많은 사람들을 친구나 직장동료, 또는 이웃으로 만나게 된다. 사람과 사람의 만남을 얼마나 귀하게 생각했으면 '옷깃만 스쳐도 인연'이라고 했을까. 하지만 우리는 이렇게 귀하고 소중한 인연을 너무 가볍게 생각한다. 작은 일로 서운해 하고 혼자만의 생각이나 타인의 말로 오해하고 아파한다. 자기만 생각하는 이기적인 마음으로 상대에게 아픈 상처를 주기도 한다.

조금만 배려하고 한 걸음만 물러나서 본다면 이해하지 못할 부분도 없을 것이다. 작은 배려가 우리들이 사는 세상을 더욱 따뜻하고 빛나게 해주리라 생각한다. 웃으며 건네는 인사 한마디가 우리가 사는 세상을 더욱 아름답게 할 것이다.

대한민국명품강사1000인회 공동저서 · 명품강사들 길닦다

맏이라는 자리의 무게

　오래전의 일이다. 결혼 후 시댁에 살다 부모님 도움 없이 작은 아파트로 분가를 했다. 분가한 지 한 달쯤 지난 어느 날 밤 전화벨이 울렸다. 당연히 많이 늦겠다는 남편의 전화인 줄 알았는데 예상 밖으로 큰오빠의 전화였다. "동생 아직 안 잤네. 그냥 지나 가다가 차나 한잔 할까 하고~" 반가운 마음보다 오빠 집에 무슨 일이라도 있는 것이 아닌가 걱정이 앞섰다. 잠시 후 큰오빠는 조카 준다고 과자를 가득 안고 들어왔다. 근처에서 친구들과 술을 마시고 집에 가다 출가한 여동생이 보고 싶어 전화한 것이다. 그때만 해도 큰오빠의 형편은 생각하지 못하고 나만 생각하는 참으로 철없고 이기적인 여동생이었다. 아버지 대신 부모 노릇해야 하는 큰오빠의 마음을 그때는 철이 없어 미처 헤아릴 수가 없었다. 그 이후로도 그렇게 가끔 혼자 오거나 올케언니와 함께 찾아오곤 했다. 큰오빠와 가까워지면서 오빠의 어깨 위에 지워진 무거운 짐들이 하나둘씩 보이기 시작했다. 그토록 무거운 짐을 홀로 지고 가느라 얼마나 고달프고 힘들었을까 하는 생각에 미안한 마음만 가득하다. 먼저 태어나 맏이라는 이유만으로 차마 동생들이나 아내에게도 말하지 못하고 속으로 얼마나 답답하고 혼자 소리 없이 울었을까….

　그렇게 큰오빠를 조금씩 이해하면서 나이 서른에 조금이나마 철이 들기 시작했다. 지금은 돌아가시고 안 계시지만 항상 큰오빠가 그립고 보고 싶다.

내가 하는 말속에 행복이 있다

사람 좋아하는 남편 덕에 가끔 대리기사 노릇을 한다. 오래전 내 나이 서른 중반쯤 그날도 늦은 시간에 남편 차를 운전하러 가느라 택시를 탔다. 오십이 조금 넘어 보이는 분이었다. 목적지 중간쯤 갔는데 택시기사가 실내거울로 뒤를 보며 "행복하세요?"하고 물었다. 나는 망설임 없이 "네!"하고 대답했다. 택시기사는 자신의 질문에 행복하다고 대답한 사람이 내가 처음이라고 한다.

같은 환경이면 자신이 행복하다고 생각하며 살아야 한다. 내가 노력하면 더 나아질 수 있는데 왜 불행하다는 생각으로 힘들게 사느냐고 반문했다. 택시기사는 내 말에, 정말 좋은 사고방식을 가졌다면서 앞으로도 그렇게 행복하게 살기 바란다고 했다. 누구나 행복하게 살기를 바란다. 하지만 어떤 사람은 남보다 많이 가졌음에도 자신은 늘 불행하다고 말한다. 부정의 언어는 부정을 잉태할 수밖에 없다. 하지만 긍정의 언어는 더 큰 긍정의 힘을 잉태한다. 무슨 일을 하든지 할 수 있다는 자신감과 잘될 거라는 믿음으로 일을 한다. 주어진 환경을 탓하며 불행하다고 포기하지 말자.

긍정과 부정은 단지 일 퍼센트의 차이다. 작은 일 퍼센트의 마음가짐이 긍정과 부정을 결정한다. 긍정의 언어와 생각으로 무장하고 노력하면 반드시 자신이 원하는 달콤한 열매를 수확할 수 있을 것이다.

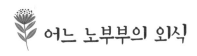# 어느 노부부의 외식

식당을 운영하던 어느 겨울 저녁이었다. 노부부가 서로 챙겨 주시며 다정하게 식사를 하시는 모습이 참 보기 좋았다. 식사 중간에 화장실이 어디에 있느냐고 물어보셔서 화장실 위치를 알려드리고 돌아보니 할아버지께서 자리에 앉아 계시는 할머니를 부축해 일으키시는 것이다.

할머니보다 체구가 작으신 할아버지께서 매우 힘겨워 하는 모습에 눈시울이 뜨거워졌다. 할아버지께서는 얼마 안 드시고 할머니만을 챙기고 계셨다. 할아버지는 몸이 불편하신 할머니를 모시고 맛있는 음식을 사주러 오셨다고 한다. 일 년 전 눈길에 낙상하여 꼬리뼈를 다쳐 몸이 불편해진 할머니를 위해 주변의 맛집을 찾아 다니신다고 했다. 그냥 한 그릇 사다가 드려도 될 텐데 할머니를 모시고 식당에서 제대로 음식을 드시게 하고 싶은 할아버지의 마음이 느껴졌다.

두 분이 식사를 마친 후 배웅해 드리고 들어와 상을 치우는데 식탁과 바닥에 음식과 물을 잔뜩 흘려 놓으셨다. 그것을 치우다가 얼마나 가슴이 아프고 미어지던지 다 치우지도 못하고 화장실에 들어가 한참을 울었다. 수저 들기도 힘드셨을 할머니의 손이 되어 옆에서 먹여 주시던 할아버지의 지극하신 사랑에 또다시 눈물이 났다. 마치 먼 훗날 우리들의 모습인 것만 같았다. 한동안 그 탁자를 바라볼 때면 그분들이 생각나고 가슴이 아려왔다.

🌿 일출

멀리서 그대 오는 소리가 느껴집니다.
눈부신 미소로 소리 없이 다가오지요.
그대가 한걸음 한걸음 가까이 올수록
나의 심장은 점점 더 거칠게 뜁니다.

제자리에 얼어붙은 듯 숨죽이고 서서
그대를 기다립니다.
다가갈 수도 없는 거리에서 발을 동동거리며
그대가 오는 순간만을 기다립니다.

그대 모습이 서서히 보이기 시작합니다.
두 손을 모으고 숨 가쁘게 다가오는 그대를
온몸으로 느껴봅니다.
완전하게 드러난 그대 모습 아아!
눈을 뜨고 바라볼 수 없음이 안타까울 뿐입니다.

삼백예순날 하루도 빠짐없이 마주하지만
오늘은 더욱 설레고 가슴 벅찬 감동입니다.
그대와 마주할 수 있는 날이 얼마일지 모르지만
매일 매일을 오늘 같은 마음으로 시작하고 싶습니다.

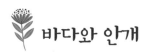

바다와 안개

하늘로 물든 바다가 새벽을 연다.
바다는 하늘을 품고 하늘은 바다에 물든다.
안개는 바다와 하늘을 잇는 다리가 된다.

바다와 하늘이 하나가 될 때 파도는
온몸으로 그들만의 사랑 노래를 부른다.
안개가 걷히면 다가올 이별은 두렵지 않다.

아침 해가 전해 주는 가슴 시린 이별도
소중한 선물로 눈물샘 아래 간직하고
깊어진 사랑으로 다가올 새벽을 기다린다.

긍정은 세상을 밝게 한다

간절히 원하면 이루어진다

행복은 모두의 소망

자연에게서 배우다

사랑

첫인상이 주는 효과

새로운 도전은
삶을 활기차게 한다

—

김 미 영

강원도 양구에서 출생, 남편과 슬하에 2녀가 있음
한림대학교 경영대학원 졸 (경영학 석사)
현재 양구군농협에서 상무로 재직 중

평소에 직장생활을 하면서 퇴직 후의 활동에 대해서 많은 고민을 하였다.
스피치에 많은 관심을 보이던 중 지인의 소개로 명품강사과정을
수강하게 되었고, 이를 계기로 공동저서에 참여하게 되었다.
매일 밤늦게까지 글을 쓰느라 다크 서클이 내려앉을 정도였지만
'노고하지 않고 얻는 것은 없다.'는 것을 다시 한 번 깨닫는다.
또한 새로운 도전을 하지 않는 것은 아무것도 이룰 수 없음이며,
도전을 시작하려 한 발자국 내딛음이 절반의 성공이라는 것을 실감한다.
여러분도 원하는 것이 있다면 용기 내어 주저 없이 도전해 볼 것을 권한다.
이 책을 출판하기까지 많은 도움을 주신 신길수 교수님께 깊은 감사를 드린다.

🌿 사랑

　이 세상에 사랑이란 단어만큼 아름다운 것이 또 있을까. 사랑은 주는 사람도 받는 사람도 모두 행복한 것이다. 내가 가진 것을 아낌없이 내어 주며 자존심이란 글자를 저만치 내다 버리게 만드는 사랑은 쉽게 헤어 나오지 못하는 마약과도 같다. 내가 힘이 들 땐 나보다 더 아파하고 언제나 내 편이 되어 주는 사랑, 그 사랑은 이 세상 어느 것과도 비교할 수 없는 아름다움 그 자체이다.

　사랑은 사람을 너그럽게 만들고 젊어지게 만든다. 나이 든 사람도 사랑을 하면 또 다시 청춘이 된다. 때로는 가슴 시리게 아프기도 하고 죽을 만큼 힘들게도 하지만, 사랑은 차가운 가슴을 녹여 주는 마법과도 같다. 그로 인해 이 세상이 파라다이스로, 또 어떤 때는 극한 지옥으로 보이기도 한다.

　앞으로는 더 많은 사랑을 하며 살아야겠다. 더 늦기 전에, 더 나이 들기 전에 아름다운 사랑을 가슴 가득 담고 살아가야겠다.

대한민국명품강사1000인회 공동저서 · 명품강사들 꿈꾸다

베풂의 부메랑 효과

지난 겨울 경로당에서 나의 담당 마을에 속해 수업을 받으시던 한 어머님이 사무실에 예금을 찾으러 오셨다. 창구 직원이 휴가 중이라 대신 업무를 봐드렸는데 오래간만에 본다며 무척이나 반가워하신다. 지난 겨울엔 정말 고생 많았다고 고마워한다. 지금은 그때보다 얼굴이 좋아졌다며 환하게 웃으신다. 85세의 연세로 얼마 전에 백두산을 다녀오셨다 한다. 건강한 모습을 보니 나도 기뻤다. "얼굴이 많이 좋아지셨어요. 연세도 65세 정도 밖에는 안 돼 보여요." 했더니 "그래?" 하시며 환하게 웃으시는 모습이 무척 예쁘시다.

핸드폰을 꺼내시더니 벨소리가 잘 들리지 않는다고 크게 해달라고 하신다. 모드를 보니 진동으로 되어 있었다. 제일 큰 소리가 나게 해드렸더니 "마땅히 부탁할 사람이 없어 답답해서 혼났어. 너무 고마워." 하신다.

용무를 마치고 폭염의 날씨에 버스를 타고 가신다기에 모셔다 드린다고 조금만 기다리시라고 하고 얼른 차를 가져왔다. 차로는 5분 밖에 되지 않는 거리라 금방 갈 수 있다. 차에서 연신 "이렇게 신세를 져서 어떡해. 고마워." 하시는데 가는 내내 고맙다는 말씀을 몇 번이나 하시는지 모르겠다. 나는 "저도 이렇게 도와드릴 수 있어서 너무 좋아요."라고 했다. 그 어머님 덕분에 내 마음도 너무 행복한 하루였다. 베풂은 다시 내게 돌아오는 부메랑 같다. 부메랑처럼 다시 돌아오길 바라는 것은 아니지만 베푸는 것은 분명 나를 행복하게 만드는 것임에 틀림없다.

🌿 간절히 원하면 이루어진다

얼마 전 중학교 2학년인 큰딸이 아이돌가수 콘서트를 가고 싶다고 문자로 애절하게 허락을 요청해 왔다. 그때 마침 내가 수업 중이어서 얼떨결에 허락을 했다. 집에 가서 누구랑 갈거냐, 차편은 어떻게 할거냐, 어른은 누가 가느냐, 어른이 동행하지 않으면 가지 마라 등등 걱정이 되어 한참 얘기를 했다. 갈 때는 동서울 버스를 타고 혼자 가서 친구랑 둘이 코엑스에서 만나고, 올 때는 친구 엄마와 아빠가 끝날 때까지 영화를 보고 있다가 같이 오기로 했단다. 옆에서 듣자니 표가 제대로 구해지지 않았는지 혼자 중얼거리며 한숨을 쉬고 난리다. 며칠 후 웃돈을 주고 구입한 티켓이 택배로 도착했다.

지난번에도 한번 아이돌 콘서트를 갔다가 내가 준 신용카드를 잃어버려 온갖 걱정을 시켰던 터라 이번만 가고 더 이상 가지 말라는 다짐을 받았다.

드디어 토요일 콘서트 날이 되었다. 오후 6시 시작인데 일찍 가서 유명한 떡볶이를 친구랑 사 먹는다고 오전 8시 첫차를 타고 떠났다. 걱정이 되어 실시간으로 보고를 하게끔 했다. 오전에 마사지를 받고 집으로 오는 중 전화가 왔다. 티켓을 집에다 두고 갔단다. 그냥 다시 양구로 돌아오라고 했다.

"엄마가 서울로 가져다주면 안 돼?" 딸아이가 아주 애절한 목소리로 말했다. "안 돼. 그냥 양구로 와." 했더니 "그럼 아빠보고 갖

대한민국명강사1000인회 공동저서 · 명품강사를 만나다

다 주라 그러면 안 돼?" 하고 또 묻는다. 남편에게 "○○티켓 안 가져갔다는데 당신이 티켓 좀 가져다 줄래?" 하고 물어 봤지만 대답은 'NO'였다. 전화를 끊고 나서 콘서트를 보고 싶어 하는 딸아이의 간절한 마음이 자꾸 느껴져 마음이 편치 않았다. 콘서트를 보러 가기 위해 얼마나 노력했는지 그동안 보아 온 터라 너무 매정하다는 생각이 들었다. 다시 전화를 걸어 "엄마가 티켓 갖다 줄게. 어디로 갖다 주면 되니?" 하고 물어 봤다. 서울로 가려고 막 채비를 하는 중에 다시 전화가 왔다. 동서울 정류장에서 기다릴 테니 버스 편으로 보내 달라고 한다. 버스 출발 시간이 5분밖에 남지 않았다. 눈썹이 휘날리게 시외버스 터미널로 가서 운전기사 아저씨에게 티켓을 부탁했다. 얼마 지나지 않아 "엄마, 정말 고마워요." 하는 인사와 함께 잘 받았다는 문자 메시지가 왔다.

아마 딸아이의 간절함과 애절함이 없었다면 내가 서울까지 티켓을 가져다 줄 마음이 들지 않았을 텐데 싶었다. 나 또한 그렇게, 아니 그보다 훨씬 더 간절한 마음으로 공부를 했던 시절이 있어서 그 마음이 더 쉽게 다가왔는지 모르겠다. 피그말리온 효과처럼 간절히 원하면 이루어진다는 말이 딸아이를 통해 다시 한 번 소중한 교훈으로 다가온다.

🌿 도전하는 사람이 아름답다

사람들은 변화를 두려워한다. 기성세대일수록 더욱 그렇다. 그럼에도 불구하고 얼마 전 85세의 나이로 한글을 깨우친 한 할머니께서 화제가 되고 있다. 그분은 어렸을 때는 경제적으로 어려워 학교에 갈 엄두도 내지 못했다. 16살에 결혼한 뒤에는 6남매를 키우느라 또다시 글을 배울 기회를 놓쳤다. 그렇지만 글을 읽고 싶다는 생각은 단 한 번도 놓지 않았다고 한다. 몇 년 전 노인회에서 실시하는 초등학력 인정 문해교육 프로그램에 신청을 하였다. 글을 배우고 싶다는 의지 하나로 비가 오나 눈이 오나 일주일에 세 차례씩 노인회 사무실을 찾았다. 3년이란 세월을 그렇게 공부한 후 마침내 85세란 나이로 최고령 졸업자가 되어 문해교육 프로그램 졸업장을 받았다.

"한글을 모르니 버스를 타거나 물건을 살 때도 항상 남의 손을 빌렸어. 그런데 지금은 혼자 간판도 읽을 수 있고 책도 읽을 수 있으니 얼마나 행복한지 모르겠어…."

연세가 있으니 젊은 사람보다 더 많은 노력과 글을 배우고 싶은 간절한 소망과 인내, 끈기가 있었기에 학사모를 쓸 수 있었던 것이다. 나이는 숫자에 불과하다는 말처럼 남들이 다 만류할 때 자기 목표를 향해 돌진한 할머니의 도전 정신은 이 세상 그 어느 것과도 비교할 수 없는 땀과 눈물의 결실이다. 도전하는 사람은 아름답다. 도전하지 않으면 아무것도 얻을 수 없다. 도전해야만 무엇인가 얻을 수 있는 것이다. 생각에만 그치지 말고 지금 도전하라.

대한민국품격사1000인회 공동저서 · 명품강사를 꿈꾸다

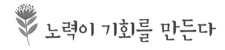 노력이 기회를 만든다

이 세상에서 가장 큰 승리는 경쟁자도, 옆 사람도 아닌 바로 '나 자신'을 이기는 것이다. 나 자신을 이기기 위해서는 반드시 목표가 있어야 한다. 목표를 확실하게 세우면 부정적인 말이나 고된 시련도 견뎌 낼 힘이 생긴다.

어떤 일을 하든 쉽게 얻어지는 건 아무것도 없다. 부귀영화를 바란다고 해서 수십 장의 로또 복권을 사서 그중 하나가 1등에 당첨되었다고 하자. 땀 흘려 얻지 않은 그 돈은 물거품처럼 쉽게 사라질 것이다. 힘들게 벌지 않았기 때문에 쓰는 데도 아깝지 않은 것이다. 아이들을 좋아해서 장래 직장을 어린이집 선생님이 되는 것으로 목표를 세웠다고 가정해 보자. 이런 경우 평소 유아교육과 관련된 피아노나 종이접기, 미술에 관련한 공부를 틈틈이 준비할 수 있다. 이처럼 유아교육과를 목표로 집중적으로 공부했을 때는 그 기회를 잡기 쉽다.

평소에 준비가 되어 있지 않으면 기회가 찾아와도 그 기회를 제대로 볼 수 없다. 하지만 지속적인 노력을 하고 무언가를 찾고자 하면 기회가 왔을 때 바로 잡을 수 있다.

아무리 머리가 좋은 영재라 할지라도 끊임없이 노력하는 자에게는 당할 수가 없다. 이렇듯 하루하루 쌓아가는 자그마한 노력은 기회를 통해 커다란 결실을 얻게 되는 것이다. 작은 노력이 쌓여 훗날 커다란 성과를 가져 온다. 바로 자신의 노력만이 기회를 만들어 가는 것이다.

다름을 인정할 때
내 마음엔 평화가 찾아온다

사람들은 개개인의 성격과 성향에 따라 여러 유형으로 나뉜다. 열 명의 사람이 한 테이블에서 식사하는 경우를 생각해 보자. 갈등을 싫어하는 평화주의자는 모두가 둘러앉아 식사하는 이 자리가 그저 즐겁기만 하다. 평소 배려하는 성격인 사람은 자기 먼저 배불리 먹기보다는 일어나서 음식을 들고 남을 챙겨 주기 바쁘다. 이처럼 한 가지 상황을 놓고도 바라보는 시각과 생각이 모두 다르다.

친구 셋이 모여 등산을 가는 경우도 상황은 비슷하다. 셋 중에 한 명은 아침부터 저녁까지 계획성 있게 하루 스케줄을 짜서 시간표대로 움직인다. 그러나 그중에 한 명은 출발 시간보다 상당히 늦게 와 전체가 차질을 빚게 하기도 한다. 그것도 미안한 기색과는 전혀 무관한 얼굴을 하고 말이다. 그 사람에게는 이런 상황이 전혀 불편하게 느껴지지 않기 때문이다.

심리상담 공부를 하기 전에는 나와는 다른 생각, 다른 행동을 하는 사람들이 이해가 되지 않았다. '세상에 저런 사람도 있나. 어떻게 저럴 수가 있지?' 하고 도저히 이해와 납득 그 어떤 것도 되지 않아 속으로만 끙끙 마음앓이를 한 적이 있다.

하지만 에니어그램이나 MBTI 성격 공부를 하며 이해의 폭이 커

졌다. '아~ 저 사람은 나쁜 사람이어서 그런 게 아니라 성격이 그래서 저렇게 행동하는구나. 이런 사람에겐 세부적으로 자세하게 얘기해 줘야 하는구나. 낙관적인 타입은 원래 저렇게 느긋하구나.'라고 말이다.

그렇게 다름을 인정하게 된 나는 그날 이후 괴롭지 않았다. 누구를 힘들게 하려고 그러는 것이 아니라 원래 그런 성격 유형이라는 것을 알게 되었기 때문이다. 상대가 틀린 것이 아닌 다름을 인정할 때 우리는 마음의 평화를 찾을 수 있다.

건강은 우리에게 멋진 삶을 선사한다

사람들은 앞으로 다가올 미래에 본인은 큰 병도 걸리지 않고, 내 평생에 교통사고나 재해 사고는 있을 수도 없는 일이며, 늙지도 않을 것이라 생각하며 살아간다. 또한 죽음이란 아주 먼 미래의 일이라 상상도 하지 않으며 살아간다. 하지만 현실은 절대 그렇지 않다. 그런 일들은 내일이라도 당장 내게 닥칠 수 있는 일이다.

드라마에서 췌장암에 걸리고 백혈병에도 걸려 6개월밖에 살지 못한다는 등 이런 얘기가 나올 때는 다 남의 세상 얘기인 것 같다. 암에 걸린 사람들 가족이나 본인은 이런 상황이 닥치면 '다른 세상에서나 일어날 것 같은 일이 어떻게 나한테 일어나지.' 하고 쉽게 받아들이지 못한다.

삶을 살아가는 데 돈도 필요하고 친구도 필요하다. 이렇듯 여러 가지가 필요하지만 가장 중요한 것은 바로 건강이다. 건강하지 못하면 가장 큰 즐거움인 맛있는 걸 먹을 수도, 즐겁게 놀러 다닐 수도 없다. 일도 할 수 없으며 사회생활과는 단절이 된다.

얼마 전 지인들과 한 달 전부터 등산을 가기로 약속했다. 그 전에 등산복과 장갑, 지팡이도 찾아 놓고 등산갈 준비를 완벽하게 했다. 그러나 약속된 날짜 며칠 전부터 계속된 과로로 몸이 아파서 정작 그 날이 되어서는 등산을 갈 수가 없었다. 그래서 너무 속상했던 기억이 있다. 이처럼 우리들이 삶을 살아가는 데 있어 가장 중요한 건 바로 건강이다. 그럼 이렇게 소중한 건강을 지키기 위해서는 어떤 노력이 필요할까.

첫째, 내가 좋아하고 즐겁게 할 수 있는 운동은 어떤 종목인지 찾아서 규칙적으로 해야 한다. 운동할 때 흐르는 땀은 피로 물질인 젖산을 분해시켜 몸을 더욱 가뿐하게 만들뿐 아니라 근육을 단련시켜 튼튼하게 만든다.

둘째, 항상 긍정적인 생각을 해야 한다. 시기와 질투, 분노 등 부정적인 생각은 남을 망치기 전에 자기 자신을 먼저 망친다. 직장이든 사회생활이든 긍정적인 태도를 유지할 때 더욱 즐겁게 생활할 수 있다.

셋째, 명상의 시간을 가져야 한다. 이른 아침 혹은 밤늦게 혼자 하는 명상은 하루를 반성하게 하고 내일을 힘차게 맞이할 수 있게 해준다.

넷째, 규칙적이고 균형 잡힌 식사를 해야 한다. 많은 사람들이 아침은 먹지 않고 저녁에 많이 먹는다. 이런 습관은 비만을 불러일으키며 만병의 근원이 된다.

돈이 없으면 벌면 되지만 건강하지 못하면 아무 것도 할 수 없다. 이렇게 건강을 지키기 위한 노력을 게을리 하지 않았을 때 건강은 우리에게 더 멋진 삶을 선사해 줄 것이다. 바로 건강이 최고의 선물인 것이다.

긍정은 세상을 밝게 한다

　사람들은 매우 힘들고 위급한 상황에 처했을 때 지푸라기라도 잡는 심정처럼 간절해진다. 그래서 평소에는 믿지도 않던 사람조차 부처님께 하느님께 천지신명께 기도를 올린다.

　절벽 끝에 다다라 죽을 것만 같이 힘든 나의 상황이 좋아지기를, 혹은 입사 시험에 꼭 합격하기를, 인간관계로 고민하고 있는 이 상황이 좋아지길 간절히 염원한다. 자신이 원하는 바를 간절하게 기원하다 보면 우주의 기운이 모두 내가 원하는 대로 움직여 바라는 바가 이루어진다. 이것이 바로 강력한 긍정의 힘이라고 할 수 있다.

　항상 불평불만이 많은 사람은 화난 표정과 굳은 얼굴을 하고 있어 주위 사람을 불편하게 만든다. 그런 사람들은 항상 부정의 말을 해서 상황이 좋지 않은 쪽으로 흐르게 된다.

　사람의 얼굴에는 현재 기분 상태가 좋은지 나쁜지, 또 어떤 걱정이 있는지가 나타난다. 긍정적인 사람은 항상 표정이 밝고 미소를 띠고 있다. 옆에 있으면 덩달아서 기분이 좋아지고 즐겁기 때문에 주위에 사람이 많다. 또한 직장 내에서도 팀워크가 좋아 협조가 잘되니 하는 일마다 힘들지 않고 수월하게 할 수 있다. 그런 사람이 있는 조직은 업무 성과 또한 좋게 나타난다.

　긍정은 마음의 평화까지 주어 이 세상을 밝고 아름다워 보이게 한다. 긍정의 힘을 확신하며 오늘도 즐겁고 신명나게 생활해 보자.

새로운 도전은 삶을 열정으로 이끈다

새로운 것에 대한 도전은 단조로운 삶을 흥분되고 기분 좋게 한다. 새로운 사람들과의 만남, 그리고 서로가 조금씩 알아 가는 과정, 미지의 세계를 하나하나 배워 가는 기쁨 등 그것은 생활에 커다란 활력소를 준다. 이것은 반복되는 일상생활 속에서 잠자고 있는 뇌를 깨우는 작업이다.

고정된 스핀 바이크를 타는 운동인 스피닝을 얼마 전부터 시작했다. 이 운동의 매력은 어둡고 현란한 사이키 조명 속에서 신나는 음악과 함께 50분에 800칼로리를 소모할 수 있다는 점이다. 다리로는 페달을 계속 돌리며 상체로는 율동을 해야 해서 난이도가 대단히 높았다. 헤어밴드를 했음에도 불구하고 땀이 비 오듯 쏟아진다.

노고 없이 얻는 건 없다고 후들거린 만큼 다리 근육이 튼튼해졌으리라 믿는다. 짧은 운동 시간에 다이어트와 근육 키우기의 두 마리 토끼를 잡는다고나 할까. 약해진 면역력을 아주 강하게 해줄 것만 같은 느낌이다. 집으로 돌아오는 시간에는 '오늘 정말 훌륭한 하루를 보냈어. 대단해.'라며 새로운 도전을 한 나 자신에게 칭찬을 해주었다.

삶이 단조롭거나 재미없다고 느껴질 때는 새로운 것에 도전해 보는 것이 좋다. 무엇이든 스스로 원해서 하는 도전은 자신을 열정과 즐거움의 세계로 이끌어 줄 것이다. 자신이 좋아서 하는 일은 얻는 기쁨이 더 크며 열정이 가득하다. 새로운 도전은 열정이 넘치게 만든다. 열정이 넘치는 삶은 행복하다.

행복은 모두의 소망

사람은 누구나 행복하기를 소망한다. 예전에 나는 미래에 어떤 일이 일어날지 미리 알았으면 좋겠다는 생각을 한 적이 있다. 하지만 이런저런 어려운 일들을 겪고 난 후 그 생각이 바뀌었다. 언제 교통사고가 날 것이라고 미리 알고 있으면 얼마나 불안하고 무서울까 싶다. 같은 일을 당해도 그전까지는 마음 편하게 그냥 모르는 것이 백배 낫다는 생각이 든다. 이렇듯 모든 사람은 불안하고 두려운 생활이 아닌 안정과 평화로움을 원한다.

중년의 한 남성이 갑자기 눈이 좋지 않아서 병원엘 찾아갔다. 병원에서는 실명할 것이라고 했다. 그 사람은 온몸에 기운이 빠졌고 살아갈 의미조차 잃은 느낌이 들었다. 실명한 채로 이 세상을 살아갈 용기와 엄두가 나지 않았다. 숨은 쉬고 있으나 살아 있는 몸이 아니었다. 예전의 일들이 주마등처럼 지나가며 지난 세월이, 눈이 정상이었던 그 시절이 얼마나 큰 행복이었는지를 깨달았다. 한참 후 병원을 다시 찾았다. 병원에서는 회복이 되고 있다며 실명의 위기는 벗어났다고 했다. 이 남성은 온 세상을 다 얻은 것 같았다. 돈도 명예도 그 어떤 것도 부럽지 않았다. 지금의 눈이 실명되지 않는다는 사실 하나만으로 충분히 행복했기 때문이다. 이처럼 행복은 저 멀리 저 산 너머 있는 것이 아니라 나의 가슴속, 마음속에 있는 것이다. 긍정적인 생각과 잘될 것이라는 믿음, 감사한 마음이 충만할 때 행복은 가슴속에서 샘솟는다. 행복은 모든 이들이 갈구하는 소망이다.

대한민국국민동감시1000인회 공동저서 · 명품감시를 쓰다

인격이라는 이름의 그릇

사람은 누구나 자기만의 그릇이 있다. 그것은 포용력이나 인격, 됨됨이 등을 나타내기도 한다. 어떤 사람은 사소한 일에도 삐치곤 하지만 또 어떤 이는 그런 일은 아무것도 아닌 듯이 쉽게 넘어가기도 한다.

쉬운 예로 선거와 관련한 경우를 볼 수 있다. 선거 때 본인을 밀지 않고 경쟁 후보자의 편에서 선거 운동을 한 직원은 자기편 후보가 당선되지 않을 경우 앞날이 아주 피곤해진다. 그러한 이유로 중립을 지키라고 하지만 현실은 그리 녹록치 않다. 경쟁 후보 측에 섰던 사람들을 승진에서 아예 배척시키거나, 스스로 버티지 못하고 나가게끔 교묘한 술책을 부리기도 한다. 이들도 따뜻하게 품어 준다면 아마 감사한 마음에 더 충성을 다할텐데 말이다.

인격의 그릇이 작은 사람은 복수를 위해 칼을 간다. 인간이기에 그 또한 그럴 수도 있다. 하지만 복수는 또 다른 복수를 낳는다. 과거를 알려면 현재를 보고, 현재를 보면 미래가 보인다고 했다. 인과응보라는 말이다. 자기가 행한 대로 결과는 나타난다. 콩 심은 데 콩 나고 팥 심은 데 팥 나는 것처럼 내가 하는 행동 하나하나가 결과가 되어 나타난다. 내 안에 있는 인격의 그릇을 키우면 나도 괴롭지 않고 남도 괴롭지 않다. 상대를 미워하는 건 상대를 해치기 전에 나를 먼저 상하게 한다. 나와 남, 모두를 위한 내 마음속의 그릇을 태평양으로 만들어 보자.

🌿 자연에게서 배우다

어느 겨울의 출근길이었다. 새벽부터 내린 눈으로 도로 옆의 산은 설경이 눈부실 정도로 아름다웠다. 눈이 수북이 쌓인 가파른 내리막 길에서 무의식적으로 브레이크를 밟았다. 순식간에 차가 지그재그로 왔다 갔다 하더니 가드레일을 들이받고 한 바퀴 돈 채로 멈춰 섰다.

가드레일이 없었다면 나는 아마 그때 낭떠러지로 떨어져 다른 세상에 갔을 것이다. 죽을 고비를 넘기고 정신이 하나도 없는 상태로 사무실에 갔다. '나는 금방 죽을 뻔했는데 이곳은 변함없이 모든 것이 돌아가고 있구나.' 하는 생각이 들었다. 고객이나 자연의 모습도 마치 아무 일도 없었던 듯 보였다.

시간이 흘러 봄이 되니 산에 진달래, 개나리가 너무도 예쁘게 피었다. 여름에는 젊음이 느껴질 정도로 모든 산이 푸르다. 가을이면 울긋불긋 단풍 든 거리와 산은 우리에게 말하지 않아도, 스스로 잘났다고 뽐내지 않아도 찬란한 빛을 발한다. 그것도 눈부시도록 아름다운 자태를 내뿜으며 말이다. 사람은 태어나서 한번 가면 그만인데 자연은 그렇지가 않구나 하는 생각과 함께 위대함이 느껴진다.

누구를 미워하고 시기하며 보내기에는 우리의 삶이 너무도 짧기만 하다. 마음속의 미움과 원망이 있다면 모든 걸 내려놓고 사랑과 감사의 마음으로 가득 채워야 한다. 자연이 보여주는 말없고 교만하지 않으며 스스로 아름다운 모습처럼 말이다.

대한민국명품강사1000인회 공동저서 · 명품강사를 꿈꾸다

🌼 시련이라는 이름의 선물

삶을 살다 보면 누구에게나 시련이 닥친다. 어떤 사람들은 예고 없이 닥쳐오는 시련의 상황을 견디지 못하고 도망치거나 피해 버린다. 특히나 사회 초년생에게서 그러한 성향이 두드러지게 나타난다. 사회와 조직 생활이 결코 자기 뜻대로 되어 주지 않기 때문이다. 자신이 모든 이에게 존중 받기를 바라고, 고귀한 대상으로 사랑받기를 원하는 그런 마음은 온실 속의 화초와 같은 생각이다. 오히려 사람들의 까다로운 입맛에 모두 맞춰야 하고, 간혹 상처받는 말을 들어도 대립하지 않고 참아야 한다.

서비스 직종의 경우, 각별한 서비스 정신으로 무장함은 물론이요, 한발 앞서 그들이 무엇을 원하는지, 고객들이 필요로 하는 것이 무엇인지를 미리 파악하는 자세가 필요하다.

삶이 결코 만만치 않고 이 세상이 험하다는 걸 인식하면 고난을 훨씬 가볍게 넘길 수 있다. 내게 시련이 왔을 때는 그것을 피하지 않고 당당하게 맞서 이겨내야 한다. 그 상황이 힘들어 다른 곳으로 가면 더 큰 시련이 기다리고 있을 뿐이다. 시련을 용감하게 이겨 냈을 때 더욱 강해진 자신의 모습을 볼 수가 있다. 시련은 나를 강하고 단단하게 만들어 주는 선물의 또 다른 이름이기도 하다.

인생은 마라톤이다

삶을 살다 보면 수없이 많은 고난과 역경에 부딪히게 된다. 이럴 때 어떤 사람은 이를 이겨내지 못하고 포기하고 만다. 또 어떤 사람은 강인한 정신력으로 고난을 헤쳐 나간다.

1992년 바르셀로나 올림픽에서 영국의 육상 대표선수인 데릭 레드몬드는 400m의 강력한 우승 후보였다. 그러나 150m 지점에서 전속력으로 달리던 레드몬드는 허벅지 근육 파열이 오면서 주저앉을 수밖에 없었다. 그는 포기하지 않고 일어나 아픈 다리를 이끌고 달렸다. 그때 진행 요원을 뿌리치고 경기장 안으로 관중이 난입했다. 그 사람은 바로 레드몬드의 아버지였다. 아버지가 '그만 뛰어도 된다.'라고 말하자, 아들은 '끝까지 달리겠습니다.' 하고 대답했다. 아버지는 하염없이 눈물을 흘리며 '함께 가자.'라고 했다. 아들을 부축한 채 결승선 안으로 데리고 왔다. 두 사람이 결승선 안으로 들어오자 수많은 관중들은 기립박수를 보냈다. 일등을 한 선수보다 아픈 몸을 이끌고 완주를 한 아버지와 아들을 더 응원했다.

험한 산을 만났을 때 힘들다고 좌절할 것이 아니라 정면으로 부딪쳐 이겨 내야 한다. 거기서 주저앉으면 결코 성공할 수 없다. 인생은 마라톤처럼 빨리 가는 것이 중요한 것이 아니라 완주하는 것이 중요하다. 인생의 최종 목표는 바로 성공이다. 바로 자신이 목표한 바를 이루는 것이다.

대한민국명문가1000일훈 공동저서 · 명문가사를 펴내다

첫인상이 주는 효과

사람의 첫인상이 결정되는 시간은 3초이다. 첫인상이 좋은 사람은 긍정적인 이미지가 생긴다. 초두효과로 인해 그 사람이 어떤 일을 혹시 잘못했더라도 '무슨 사정이 있을 거야.'라고 생각하게 된다. 하지만 첫인상이 좋지 않은 사람은 그것을 만회하기 위해서 40시간을 노력해야 한다.

인기리에 방송된 드라마에서도 그 예가 나온다. 평소 차도녀인 그녀는 미용실이나 레스토랑 등 기타 서비스업에 종사하는 사람들을 매우 하대한다. 본인이 실수를 해도 전혀 잘못을 인정하지 않으며 상대방에게 오히려 조심할 것을 요구하기도 한다. 자신이 낮아지는 순간은 기업 사장인 돈 많은 애인 앞에서 뿐이다. 그러던 중 남자 부모님에게 인사를 하게 되었다. 남자 친구의 엄마와 여동생에게 평소에 좋지 않은 행동으로 인해 매우 부정적으로 보인 상태이다. 이미 찍혀 버린 그녀는 이미지 쇄신을 위해 열심히 노력하지만 그리 쉽지 않다.

이처럼 첫인상이 주는 효과는 어떤 상황을 매우 유리하게 하거나 불리하게도 만든다. 웃는 얼굴은 나의 첫인상을 긍정적이고 밝게 보이게 한다. 돈도 들지 않으면서 나를 업 시킬 수 있는 웃는 얼굴을 생활화 해 보자. 인상을 좋게 만드는 것은 자신의 이미지를 좋게 만들어 가는 것이다. 미소 짓는 밝은 모습은 자신이 노력하면 얼마든지 만들어 갈 수 있다.

첫 번째 졸업식을 맞으며

아이사랑

세월이 가면

그리운 아버지

나에게 쓰는 감사장

나니의 생과 도도의 삶

도전 없이
이루어지는 것은 없다

—

김 윤 식

한국방송통신대학교 유아교육과 졸
한국교통대학교 대학원 유아교육학과 졸(교육학석사)
증평공립 휴먼시아어린이집 원장, 한국문인협회 증평지부 회원
1997년 제1회 증평시민백일장 차상
2006년 충청대학 주최 제1회 월강주부백일장 차상
2013년 충북여성백일장 참방
2016년 충북대학교 평생교육원 수필창작반 수료

유아교육 업무에 종사한 지 30여 년이 되었다.
해맑은 아이들과 함께한 시간들이 참으로 많이 흘렀음을 새삼 느낀다.
이것이 유일한 나의 길이라 생각했다.
하지만 적지 않은 나이에 새로운 도전을 시작했다.
가슴 설레기도 하고 두렵기도 하다. 하지만 세상에 어디 쉬운 일만 있을까.
자신이 도전하지 않고 행동하지 않고 얻어지는 것은 아무 것도 없다.
더 늦기 전에 이런 기회를 갖게 되어 감사하게 생각한다.
특히 이런 기회를 만들어 주신 신길수 교수님께 감사드린다.
최선을 다해 명품강사가 되기 위해 노력할 것이다.

# 아이사랑

씨 뿌리는 농부의 마음으로
매일을 살게 하소서!

싹이 트고
줄기에 살이 오르고
꽃이 피고
열매가 탐스레 맺힘을 바라보듯
아이들을 향한 눈빛이
그러하게 하소서!

보람의 꽃 피워
열매 맺기까지
소명의식과 사랑으로
아이들과 날마다
행복을 키워가게 하소서!

대한민국명품감사시1000인회 감동저서 · 명품감사를 꿈꾸다

🌷 첫 번째 졸업식을 맞으며

휴먼시아의 역사가 된 아이들아
슬픈 기색도 없이 목청 돋우어 졸업 노래를 부르는 소리를 들으며
또 하나의 이별을 준비해야 하는가 보다.
사랑으로 준비된 아름다운 공간에서
모든 새로운 것들을 누리며 행복한 웃음 가득했던 지난 시간 속에서
너희들은 빛나는 보석이었단다.

함께했던 모든 기억 속에
너희들의 몸짓과 눈망울들을 녹화된 영상처럼 소중히 가슴에 담아
추억이란 이름으로 숨겨 놓으련다.

먼 훗날 멋진 모습으로 성장한 너희들이 찾아와 귀 쫑긋하며
옛 이야기 청하면 아스라한 눈빛으로 이야기해 주리라.
그때 첫 소풍갔던 율리 휴양촌이며
꿈이 있는 첫 번째 학습발표회며 너른 텃밭의 소중한 열매들까지도
너희와 함께여서 너무 행복했었노라고.

휴먼시아 첫 졸업생들이여!
너희들의 미래에 오색비단을 깔아주마.
행복해야 한다 항상 사랑한다 이 세상 끝날 때까지!

휴먼시아 사랑둥이들아~
세 살 또는 네 살, 다섯 살 때부터 함께한 친구들과 곱게 자라서
이제는 둥지를 떠나는 새들처럼 너희들을 보내야하는 날이 왔구나.

온통 울음소리와 함께 원 생활을 시작했지만
이제는 웃음소리 가득한 모습 속에 너무나 훌쩍 커버린 너희들이
한없이 자랑스럽고 고맙기만 하구나.

더 좋은 교육환경 속에 더욱 좋은 것들만 먹이고
더 큰 사랑과 가르침으로 큰 사람으로 키우고자
온갖 정성 기울여 교육한 나날들 속에

휴먼시아에서 그동안 심겨진 사랑의 씨앗들이 싹트고 자라서
넓은 세상에 나아가 온 세상을 품에 안는 큰 나무들이 되기를
휴먼시아 온가족의 기원 속에 너희들을 떠나보낸다.

소중한 너희들의 마음속에 스며든 찬란한 무지갯빛 꿈들이
자랑스럽게 이뤄지는 그날까지
행복해야 한다 항상~ 사랑한다 이 세상 끝날 때까지!

🌸 세 번째 졸업식을 맞으며

휴먼시아의 자랑스런 졸업생 친구들아!
오색 무지개처럼 예쁜 꿈들을 매일 매일 곱게 키우며
함께 지내온 시간들을 뒤로하고 이제 떠나가야 하는 날

세 살 때 엄마 품 떠나며 울고 네 살 때 모두 내 꺼라 우기더니
다섯 살 때 친구랑 노는 법을 알고 여섯 살 때야 세상 규칙을 익히며
일곱 살 되어 어엿한 형님으로 지내더니

인생 첫 번째 학사복을 멋지게 차려입고
슬픔도 모른 채 웃으며 떠나는 모습에 첫사랑을 빼앗기는 듯한
아픔과 서러움에 마음 저편 눈물안개가 앞을 가린다.

사랑 가득한 휴먼시아에서 미래를 향한 도움닫기를
힘차게 시작했으니
한 걸음 또 한 걸음 너희들의 희망찬 꿈을 향해
아름다운 비상을 시작하거라!

행복해야한다 항상~
사랑한다 이 세상 끝날 때까지!

세월이 가면

세월이 가면
커다란 아픔도
이길 만큼의 크기로
작아진다네

가고 오는 시간 속에
마음의 짐은
소금처럼 녹아들어
삶의 구석구석을 맛내고

이젠 불혹의 나이 사십
다가오는 인생의 모습만은
이전의 고난 기반 위에
더 이상은
아픈 고통 없는 세월이기를

넘어진 김에 쉬지 않고
이보 전진 위한
일보 후퇴의 시간을
일각의 후회 없는 삶이 되기를!

대한민국명품강사1000인회 공동저서 · 명품강사를 만나다

여유

컴컴한 새벽
부추기는 발걸음
새 희망 길어 올리는
간절한 새벽기도

뽀오얀 화장하듯
내 마음 추슬러
성실히 내걷는 아침
신선 행복한 공기

걸음걸음 내딛는
부지런한 삶 속에
가난의 그림자는
안개 걷히듯 햇살에 부서지고

이제사 허리 펴고
지난 길 돌아볼 때
아팠던 세상살이에
엷은 미소 피어난다.

은빛가을

어느덧 찾아 왔네
내 인생의 가을
내 삶의 계절

무던히도 힘겨웠던 시절
무겁던 발걸음
열매의 기쁨 앞에
무게를 살포시 내려놓고

내 삶의 어둡고 긴 터널
허허로이 돌아보는 이 계절

풍성함으로 다가온
이 시절 지나고 나면
아픔과 회한의 시간들 올지라도

내밀한 기쁨으로 오래 간직할
추억의 열매들 가슴가득 담아
그 긴 시간 행복함으로 맞으리
나의 은빛 시간들!

대한민국모범강사1000인회 공동저서 · 역동강사를 꿈꾸다

# 초대장

  친구야! 지난여름 청옥산휴양림으로의 초대에 함께하지 못해 무척 속상했단다. 여름휴가는 어디론가 떠나갔다 와야만 할 것 같은 이 시대의 풍조에 뒤처져 세상과 담쌓은 사람으로 살려는 것은 아니란 다. 내게 닥쳐온 세상에의 큰 물결이 너무나 높고 깊기에 우선 그곳 에서 헤쳐 나오려는 노력이 앞서야 할 것 같기에 반가운 기회였지만 아쉽게 포기했지. 우린 유난히 여행을 즐기고 산행을 하며 많은 대 화를 나눴었지. 내게 닥친 커다란 위기 앞에 넌 늘 내게 커다란 희망 의 등불이 되어 주었지.

  "빈 주머니에 함박웃음이 피어나도록 살아라." 네가 내게 준 정신 적인 격려는 그 어느 때보다 소중하고 깊은 의미로 남았다.

  친구야!

  파도가 지나간 후에 잔잔한 바다의 물결이 평안하듯 내게도 그런 시절이 올 거야! 노력하는 자에게 펼쳐질 미래는 아름답고 행복할 것이라는 소망 가운데 난 끊임없이 추구하고 이룩할 거야!

  불혹의 나이쯤, 난 네게 눈 덮인 겨울산장으로의 초대장을 띄우리 라. 그동안 힘겹고 마음 아팠던 모든 것을 네게 보따리 풀어 위로받 고, 다시금 너와 함께 희망찬 새봄을 맞으리라. 풍요로운 인생의 깊 이를 아는 여유 있는 미소로 서로에게 커다란 버팀목으로 남은 인생 을 살자고 다짐하며, 겨울의 기나긴 밤을 함께 지새우자는 초대장을 보낼게. 기대하렴. 나의 소중한 친구 화니야!

우리 가족은 환상의 콤비

 팔남매 중 여섯째로 들풀처럼 자라난 나와 온실의 화초처럼 애지
중지 키워진 장남인 남편은 어느 해 늦은 여름에 만났다. 평소 아껴
주시던 선생님을 통해 소개받아 만난 그는 훤칠한 외모에 서글서글
한 인상이 평소 그리던 남성상이었다. 남편과 나는 한여름 팔월에
만나 이듬해 한겨울 일월에 결혼을 하고 가정을 이뤘다. 둘 다 늦은
나이에 소개받아 연애하고 불과 몇 달 만에 한 결혼이었지만, 삶에
대한 기본적인 밑그림이 같았기에 그 위에 펼쳐질 인생은 평온하고
안정적인 행복만 전개될 것 같았다. 그러나 인생길에는 푸른 초원만
펼쳐지진 않았다.

 시아버님부터 2대독자인 가정에 큰아들이 태어나고 둘째 아들까
지 태어나 웃음꽃이 피어났다. 그런데 둘째 아들이 첫돌 즈음이었
다. 당시 금융기관에 근무하던 마음씨 좋은 남편은 동생 같은 젊은
이에게 신용을 담보로 엄청난 사기를 당했다. 남편의 신용도 땅에
떨어지고 이제껏 다니던 직장도 그만두게 되었다. 그리하여 남편은
다른 직업의 둥지를 찾아 새로운 길을 떠나야만 했다. 아이들은 이
제 세 살, 한 살 어린나이인데 가장은 직장을 잃었다. 외벌이로 매
달 이자만 거의 백만 원씩을 고스란히 갚아야만 했다. 참으로 암담
한 세월이었다.
 어느 날 저녁 반찬 걱정에 콩나물이라도 사려고 지갑을 뒤져 보니

단돈 천 원짜리 한 장도 없었다. 가슴으로 처절함이 밀려왔다. 남편은 온실에 키워진 화초였기에 나약하고 태산 같은 경제파탄의 문제 앞에 속수무책이었다. 들풀처럼 자란 나는 닥쳐온 난제를 질경이 같은 삶의 의지로 파도를 타듯 높고 험난한 현실을 한고비, 또 한고비 죽을 힘을 다해 넘겨 왔다. 험한 길 함께 넘으시다가 아버님은 마음의 병까지 깊어져 끝내 돌아가셨다. 높은 풍랑 같은 경제적인 어려움 속에서도 두 아들은 건강하고 튼실하게 잘 자라주었다.

'며느리는 시어머님을 닮아 간다'는 옛말이 빈 말이 아닌 듯싶다. 어머님의 젊은 시절 이야기를 들어 보면, 어느 새 나도 비슷하게 닮아 가고 있다는 것을 느낄 수가 있다. 밝고 긍정적이며 부지런하신 우리 어머님은 연세보다 젊어 보이셔서 주변에서 '재혼 안 하시냐'는 말을 듣기도 하셨단다. 어디를 가나 분위기를 주도하시고 특유의 언변으로 우리 가족의 유머담당이기도 하시다. 험한 가정경제 난국 속에서도 든든한 어머님이 견고한 성처럼 버티고 계셔주었기에 우리 가족은 새로운 성을 다시 쌓을 수가 있었다.

늦은 나이에 시작한 새로운 일에 한결같은 우직함으로 가족의 든든한 기둥이 되어 준 가장 남편과 듬직한 큰아들, 애교 많은 둘째 아들, 우리 집의 할미꽃 어머님과 더불어 우리 가족은 언제나 화기애애하다. 비록 경제적인 어려움은 아직도 남아 있다. 하지만, 마음이 부자인 우리 가족은 언제나 밝고 긍정적인 에너지를 주고받는다. 지금 우리 가족은 행복한 내일을 설계하면서 환상의 콤비로 매일을 힘차게 살아가고 있다.

🌿 엄마! 보고 싶어요

텃밭에 가보니 장대비가 지나간 속에서도 굳건히 서있는 녀석들이 대견하다. 비 온다고 돌아보지 않은 사이 오이는 팔뚝만 하게 커져 노각이 되려고 하고 토마토는 예쁜 새색시 볼처럼 불그레하니 주렁주렁 내 손길을 기다리고 있다. 여름 장마 사이 따가운 햇살에 구슬땀이 나도록 더웠다. 하지만 이 녀석들을 보고 함박웃음 지을 사람들을 생각하니 정신없이 바구니에 거둬들이게 된다.

어렸을 적 엄마는 너무도 부지런하셔서 꼭두새벽에 일어나 밭에 나가 광주리 가득 오이 호박 토마토며 옥수수를 아침이슬 맞아 가시며 한가득 이고 오셔서는 아직도 자고 있는 방을 향해 "해가 중천에 떴는데 아직도 자고 있냐?" 하시며 우리를 걱정하시는 모습이 눈에 선하다.

무더운 여름 따가운 햇살 속에서도 밭에 심은 농작물을 돌아보고 거둬 들여가며 행복해하는 내 모습 속에 엄마의 심정이 배어 있음을 느끼며 좀 더 살아 계셨더라면, 어설픈 솜씨지만 텃밭 가꿔 거둬들인 온갖 것들을 들고 달려가 내 작품인 양 자랑했으련만···. '자식이 효도하려 해도 부모는 기다려 주시지 않는다.'는 옛말에 수없이 고개가 끄덕여진다.

결혼 후 군에 가신 아버지를 대신하여 농사지으시며 자식들 팔남매나 키워 내신 장하신 어머니 우리 어머니! 먹을 식량이 없어서 큰

언니랑 엄마는 굶기를 밥 먹듯 하셨다는 이야기를 큰언니에게서 들었다.

엄마는 돌아가시기 전 치매로 옛 기억을 자꾸 떠올리실 때가 많았다. 그럴 적마다 어김없이 끼니 걱정하시던 그 시절 순간들을 떠올리시면서 "저녁은 뭐 해 먹냐?", "밭에 가봐야겠다."시며 근심어린 표정으로 올려다보시던 그 시선을 잊을 수가 없다.

우리 집 형편이 어느 정도 안정을 찾아 부모님께 효도할 수 있을 때 두 살 연상이신 엄마가 팔순에 먼저 가시더니 더는 세상에 미련이 없으셨는지 이 년 후에 아버지도 엄마 따라 가셨다. 졸지에 부모 없는 고아가 되어 버린 딸은 시시때때로 엄마 아버지 생각에 가슴이 장마철 습기처럼 눅눅해진다.

엄마! 고향 산소에 아버지랑 나란히 누워 지난 평생을 돌아보며 자식들 생각하시며 평안하신거죠? 아버지랑 함께 계셔서 심심하진 않으시더라도 다섯째 딸 윤식이 꿈에도 한번 놀러와 주세요. 평생 꿈이던 원장이 되었는데 힘들진 않은지 물어도 봐주시고 힘내라고 다독여 주시면 한층 힘내서 엄마 아버지의 자랑스러운 딸이 될게요.

평생 고백하지 못한 말
"엄마! 가슴 깊이 사랑합니다."
"엄마! 많이 보고 싶어요!"

그리운 아버지

무뚝뚝하지만 속정 깊으신 나의 아버지.

딸 부잣집 다섯째 딸인 나는 이름도 남자이름, 외모도 아버지를 닮아서인지 유난히 아버지를 좋아했다. 농촌에 살았지만 농사는 온통 엄마 차지였다. 아버지는 인근 큰 도시에서 건축일 하시느라 팔 남매에게 골고루 정을 주시기가 힘드셔서일까 그저 가까이하기엔 너무 먼 엄부이셨다.

밥상머리에서는 생강덩이를 씹어 기겁하여 뱉어낸 내게 눈을 부라리며 혼내시던 모습이 있었기에 차후 어떤 특이한 맛을 경험하여도 '아! 이런 맛이구나.' 하고 넘길 수 있는 맛의 근력이 생겼다고나 할까?

연상이신 엄마와 평생 팔남매 키우시며 금슬 좋게 사시더니 엄마 먼저 떠나보내시고 외기러기처럼 사시다가 2년도 못되어 엄마 곁으로 따라 가셨다. 길 가다가 아버지 연배의 어르신만 보아도 울 아버진 더 정정하셨는데 하며 평소 잘 드시던 음식을 먹을 때에도 아버지 생각에 목이 메어 온다.

"그리운 아버지! 엄마 곁에서 잘 지내시는지요. 영원히 사랑합니다."

🌷 나에게 쓰는 감사장

　농촌의 가난한 집에 2남 6녀의 8남매 대가족 중 5녀로 태어난 흙수저 인생! 눈만 커다랗고 이쁘지 않은데다가 이름까지 남동생 보라고 남자이름으로 자랐다. 남다른 목표의식과 사명감으로 전혀 다른 전공의 벽을 넘어 맨땅에 헤딩하는 정신력으로 굳세게 노력하여 이룩한 그 정신력은 참으로 대단하다.

　남편이 최대의 금융사고로 바닥에서 다시 시작해야 했을 때 굳센 생활력으로 무에서 집을 마련하기까지 눈물겨운 생에의 집념도 박수받기에 충분하다. 새마을 유아원교사로 시작하여 교사 14년, 원감 10년, 원장 10년 지금의 국공립 원장으로 자리매김하기까지 군수상, 보건복지부장관상까지 받았지만 정작 나 자신 스스로에게는 수고했다, 장하다며 다독이지 못하고 살아왔다.

　이제 칭찬해 줄게~ '그 힘든 유아교육 일반대학원 석사과정까지 해낸 자랑스러운 윤식아! 고생 많았어. 참 대단해!'

　자식은 부모의 성적표라는데 독립을 위해 준비하는 복학대학생과 군인아저씨지만 잘생기고 마음도 멋진 두 아들, 70명의 아가들과 10여 명의 보육교직원들이 매일 행복하게 생활하도록 최선을 다하며 즐겁게 지내려 한다. 한 가지 더 욕심을 부린다면 한 분야에서 30년 이상 지내 왔으니 박사학위까지 목표를 가지고 공부하여 우리 가문의 첫 박사학위 소지자가 되자꾸나. 배우기 좋아하는 윤식이는 해낼 수 있어! 멋지다 윤식아~ 유아교육 박사를 향하여 파이팅!

🌿 봄나들이

실로 오랜만에 남편에게 봄나들이 제안을 받았다. '어디로 갈까' 설레는 마음에 행선지를 물어보니 회 먹으러 바다로 가자고 한다. 난 그저 가까운 산등성이라도 땅을 밟으며 발밑에 느껴지는 봄의 기운을 느끼고 싶은데, 20여 년을 함께 살아도 합일되지 않는 의견차는 어쩔 수 없는 것 같다.

그런데 때마침 지방뉴스에서 충주댐 정상길을 개방해 많은 사람들이 찾는다고 보도하는 것을 보고 그곳에 가자고 우겨 그리하기로 대답을 얻어냈다. 남편은 아들들과 어머님과도 함께 가고 싶었는지 아들들 주말일정을 묻는다. 돌아온 대답은 약속이 있다는 것이었다. 어머님은 손자들이 안 간다니 가시지 않겠다고 하신다. 미안한 마음도 있지만 속마음은 봄바람처럼 살랑였다.

이게 얼마 만에 단둘이 가는 여행이란 말인가?

매일 운전하고 출퇴근하던 길인데도 조수석에 앉아 편안히 여행길에 나서니 마음이 한가롭기 그지없었다. 운전하며 살포시 내 무릎에 내려놓은 남편의 손이 연애시절을 생각나게 하는 것이 싫지만은 않았다.

도착해 보니 우리 아이들 안고 업고 다닐 적에 시부모님 모시고 다녀간 생각이 났다. 햇살은 밝은 봄날이건만 바람의 느낌은 쉬이 봄에게 자리를 내주지 않으려는 듯 심술 가득 차가운 겨울 끝자락의 느낌이 묻어 있어 잔뜩 움츠리며 정상길을 걸었다. 높고 높은 댐 위에서 내려다보는 물 빛깔은 담청색 차가움이 도도히 흐르고 산허리를 이어 만든 댐의 웅장함은 바라보는 것만으로도 그 위용에 압도되는 느낌이었다.

사방이 내려다보이는 엘리베이터를 타고 지상에서 50미터 올라간 전망대에서 바라본 충주댐 주변은 그야말로 한 폭의 산수화 같은 모습이었다. 그러나 아직은 어디에서도 봄의 느낌을 찾을 수 없는 무채화 일색이었다.

전망대에서 내려와 맛집을 찾아 수안보로 향했다. 방송에 소개되고 향토음식대회 대상을 수상한 유명한 집이라며 맛집 소개에 열을 올리는 남편은 전국 어디라도 맛집이라면 달려가는 식도락가이다. 꿩 코스요리가 차례대로 나오자 전에 없이 다정히 챙겨 주며 남편이 하는 말, 아들들에게 우리 부부 늙어서 이렇게 맛있는 것 먹고 여행 다니며 살게 용돈 많이 달라자고 한다. 그 말에 난 동의할 수 없다는 듯 말했다. 자식에게 기대는 순간, 우린 짐스런 부모가 되는 거라며 난 늙어서도 자식에게 기대지 않고 자식들이 기대고 싶은 능력 있는 부모로 살고 싶다고 했다. 비단 경제적으로만이 아닌 지혜의 풍부함과 정서적으로 따뜻한 품이 늘 찾고 싶게 하는 그런 부모 말이다.

별식으로 준비한 싱싱한 송어회를 어머님께 빨리 드시게 하고픈 맘에 저녁이기엔 이른 시간 돌아온 아파트 앞 화단엔 올 봄에 처음 보는 노오란 산수유의 앙증맞은 꽃망울들이 눈에 띈다.

봄은 가까운 우리 아파트 화단에 먼저 와서 기다리고 있었다.

나의 희망노트

2017년 새해 365일이 시작되었다.

순백 무지의 희망노트를 선물받았다. 한 해 동안 매일의 노트에 새로운 희망과 목표를 향한 힘찬 노력의 흔적을 빼곡히 써 나가리라. 오늘의 노력이 훗날 나의 성공을 만들어 줄 것이란 확신으로 힘차게 뻗어 나가려 한다.

희망노트는 나의 희망을 적는 공간이다. 나의 생각이나 바람, 글이나 말로써 전하고자 하는 메시지를 끊임없이 담고자 한다.

희망노트가 나의 성공노트가 되기를 꿈꾼다.

나나의 생과 도도의 삶

사회초년생 시절에 교육장에서 어느 강사로부터 전해들은 이야기가 인생을 살면서 지속적으로 나를 움직이는 동력이 되고 있다.

"여러분! 앞으로 여러분은 나나의 생을 살지 말고, 도도의 삶을 살아가십시오!"

이는 다름 아닌 삶의 자세를 부탁한 내용이었다. 이거나 저거나 하면서 뜻을 정하지 않고 가볍게 살지 말고, 이것도 저것도 하면서 당당하게 살라는 부탁이었다. 그 강사의 강력한 어조와 신념이 닮긴 말이 나의 삶을 내용이 풍부한 삶으로 살게 했다.

나도 앞으로 기회가 주어진다면 청중의 마음을 움직여 선한 영향력을 끼치는 명품강사가 되도록 준비하고자 한다.

희망은 미래다

세상은 넓고 할 일은 많다

인생은 도전의 연속

아침은 언제나 새롭다

내 인생은 나의 것

꿈은 인생이다

희망이 행복을
만든다

—

박 세 헌

㈜청풍종합관리 대표이사
충북보건과학대학교 총동문회장
재청 괴산 남녀중 · 고동문회장
재청 괴산군민회 사무총장
청주 중앙라이온스클럽 회장
청주 지방검찰청 법사랑회 부회장

늘 긍정적인 사고방식으로 생활하면서
우연한 기회에 명품강사 교육과정을 밟게 되었다.
이것이 나에겐 소중한 기회라 생각한다.
아직은 낯설지만 중도에 멈추지 않고 끝까지 정진한다면
나의 인생에 많은 변화와 발전이 있으리라 확신한다.
이런 기회를 만들어주신 신길수 교수님께 깊은 감사를 드린다.

꿈은 인생이다

꿈은 우리의 인생이다. 사람들은 꿈을 먹고 살아간다.

꿈이 있는 사람과 꿈이 없는 사람은 엄청난 차이가 있다. 꿈이 있는 사람은 적극적인 삶을 살아간다. 자신이 이루고자 하는 목표를 달성하기 위해 부단한 노력을 하게 된다. 자신이 원하는 것을 이루기 위해 몇 번이고 끊임없이 도전한다. 그렇게 도전하다 보면 언젠가는 꿈이 이루어진다. 꿈이 없는 사람은 소극적으로 삶을 살아간다. 매사에 의욕도 없다. 다른 사람이 보더라도 이들에게는 의욕과 열정이 없어 보인다. 이들처럼 의욕과 열정이 없는 사람은 성공할 수 없다.

꿈은 우리에게 의욕과 열정을 갖게 해준다. 꿈은 사람을 변화시키며 발전하게 해주는 것이다. 그러기에 꿈을 가진 사람이 성공적인 인생을 살게 된다.

대한민국명품강사1000인회 공동저서 · 명품강사를 만나다

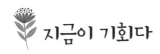

지금이 기회다

　시간은 끊임없이 흘러간다. 지금 이 순간에도 시간은 멈추지 않고 흘러간다. 흘러가는 시간을 멈추게 하거나 잡을 수 있다면 얼마나 좋을까.

　하지만 시간의 흐름은 막을 수도 잡을 수도 없다. 사람의 능력으로는 시간을 멈출 수 없다. 신이라 할지라도 흘러가는 시간을 멈출 수 없다.

　그렇기에 지금이 중요하다. 우리가 살아가는 동안에, 바로 지금 이 순간이 가장 중요한 것이다. 이미 지난 어제나 앞으로 다가올 내일이 중요한 것이 아니라 바로 지금이 가장 중요하다.

　지금이 기회다. 지금 당장 시도해야만 무언가 이룰 수 있다. 지금 하지 않으면 지금 이 순간은 이미 지난 과거가 되고 만다.

　지금이 바로 자신에게 기회를 만들어주는 순간이다.

멋진 인생

우리는 누구나 멋진 인생을 살고 싶어 한다.

멋진 인생을 살아가는 방법에는 여러 가지가 있다. 그중에서도 나름대로의 멋진 철학을 가지고 모든 일에 최선을 다하며 살아가는 것이 멋진 인생으로 이끄는 가장 좋은 방법이다.

우리 함께 멋진 인생을 만들기 위해 최선을 다하자. 그러면 반드시 멋진 인생을 살게 될 것이다.

우리 모두의 멋진 인생을 위하여….

대한민국명품강사1000인회 공동저서 · 명품강사를 꿈꾸다

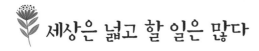 세상은 넓고 할 일은 많다

우리가 살고 있는 세상은 참으로 넓다. 또한 내가 바라보는 세상과 다른 사람이 바라보는 세상은 분명 차이가 있다. 사람들이 사물을 인식하는 데에도 차이가 있기 때문이다.

세상이 넓은 만큼 할 일도 많다. 세상을 바로 보기 위해서는 보다 크고 넓은 시야를 가져야 한다. 눈을 크게 뜨고 멀리 보면 세상이 넓고 할 일이 많다는 것을 알게 될 것이다.

사람들은 자신 앞에 놓인 것만 보려고 하는 습성이 있다. 조금만 더 멀리 바라볼 줄 안다면 그 사람은 현명한 사람이다. 그는 발전가능성이 참으로 커다란 사람임에 틀림없다.

모두가 똑같은 생각을 가질 수 없다. 어떤 사람은 비전을 가지고 멀리 바라보는 혜안을 지니고 있다. 그 사람은 늘 새로운 것에 도전하는 데에도 망설이지 않는다. 결코 두려워하지도 않는다. 현실에 안주하려는 사람에게는 발전이 없다. 그는 어떤 새로운 도전도 시도하려 하지 않는다. 그러므로 그런 사람이 나태해지거나 게을러지는 것은 당연하다. 결국 스스로를 무능력하게 만들어가는 것이다.

지금은 글로벌 시대다. 전 세계가 하나로 연결되어 있다. 지금 곁에 있는 사람과의 경쟁이 아닌 해외에 있는 세계와의 경쟁시대인 것이다. 더 크고 더 멀리 보는 안목을 키워 나가 세계를 상대해야만 한다. 우리는 지금 할 일이 참으로 많고 엄청난 세상에 살고 있다.

도전이 성공을 만들어간다

도전 없이 성공을 이룰 수는 없다. 한두 번의 도전으로 성공할 것이라고 크게 기대하지 말자. 왜냐하면 한두 번의 도전이 실패했을 때 많은 실망을 할 것이기 때문이다. 그러므로 아예 처음부터 열 번 이상 도전하겠다고 마음먹는 것이 훨씬 낫다.

무엇보다 중요한 것은 실패에도 좌절하지 않는 강한 의지를 갖는 것이다. 어느 누구나 실패할 수 있다. 실패를 두려워하지 말아야 한다. 실패는 또 다른 도전을 위해 존재하는 것이다. 그러므로 당장 승부가 나지 않거나 자신이 원하는 대로 이루어지지 않는다 해도 결코 실망하지 말아야 한다. 도전을 두려워하지 않는 불굴의 의지가 있어야 성공을 이룰 수 있다.

모든 일이 자신이 원하는 대로 이루어진다면 성공하지 못할 사람은 아무도 없다. 성공의 가치가 그만큼 소중하기에 도전이 중요한 것이다. 도전하지 않으면 그 어느 것도 이룰 수 없다. 지금 당장 무언가에 도전하라. 도전 없는 성공은 있을 수 없다.

그 어느 것도 두려워하지 않는 무한도전의 정신으로 성공을 만들어가자.

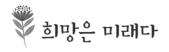 희망은 미래다

    우리는 희망을 먹고 희망을 갖고 살아간다. 희망이 없다면 하루하루 살아가기가 매우 힘들 것이다. 하지만 희망이 있는 사람은 다르다. 희망이 있는 사람은 매사에 적극적이고 진취적이다. 의욕과 열정이 넘쳐 난다.

    희망이 있는 사람은 밝은 미래를 기대할 수 있다. 희망이 있는 사람에게선 에너지가 넘쳐 난다. 희망이 있는 사람은 얼굴빛이 환하다. 밝은 미소가 보인다.

    희망이 없는 사람은 의욕과 열정이 없다. 희망이 없는 사람은 발전이 아닌 퇴보를 하게 된다.

    희망은 어느 누가 만들어주지 않는다. 자신이 스스로 만들어가는 것이다. 그 희망이 기회를 만들고 그 기회가 성공을 만드는 것이다.

    희망이 있기에 미래가 있는 것이다. 희망이 있기에 우리가 살아갈 이유가 있다. 우리에게 미래는 무한한 가능성을 가져다준다. 희망이 가득한 미래는 더욱 그러하다.

    환한 미래를 열 희망을 만들어 보자. 자신의 마음속으로부터 희망을 가득 담아 세상에 펼쳐 보자.

🌿 인생은 도전의 연속

　우리가 살아가는 인생은 끊임없는 도전의 연속이다. 한두 번의 실패로 좌절하거나 포기한다면 이 세상에서 얻을 것은 아무 것도 없다. 부딪히고 깨지더라도 꿋꿋하게 참고 견디어내면 분명 자신이 원하는 것을 얻을 수 있다.

　수없이 많은 실패를 하더라도 결코 포기하지 않고 끝까지 버텨낸다면 소중한 결과를 만들 수 있다. 안 되면 될 때까지 하면 된다는 정신은 결국 일을 만들어내고야 만다.

　가끔은 무대포식의 투지도 필요하다. 굴하지 않는 강인한 의지가 바로 성공을 만드는 것이다. 끊임없이 도전하라. 그러면 원하는 것이 반드시 이루어질 것이다.

거센 파도를 헤쳐나가야 살아남는다

우리가 살아가는 삶은 늘 평화롭거나 부드럽지는 않다. 평온한 삶을 살다가도 어느 날 갑자기 풍파와 만나기도 한다.

바다는 넓게 트여 사람의 마음을 시원하게 해준다. 답답했던 가슴을 뻥 뚫리게도 해준다. 하지만 바다에는 거센 파도가 있다. 갑자기 몰아치는 파도와 싸워 이겨내야만 순항을 하게 되는 것이다. 파도에 밀려 견뎌내지 못하면 결국 배가 부서지거나 침몰하게 된다. 사람의 목숨까지도 앗아가는 가슴 아픈 상황으로까지 이어진다.

우리의 인생에도 파도가 있다. 거센 파도에 떠밀려 자신의 의지를 잃으면 아무 것도 할 수 없다. 평생 동안 우리는 수많은 파도와 마주하게 된다. 결코 쉽지 않은 인생이다.

하지만 거센 파도를 피하거나 두려워할 필요는 없다. 이를 극복해 나가면 되는 것이다. 그러기 위해서는 지혜가 필요하다. 힘으로만 세상을 살 수 없다. 때로는 현명한 지혜가 반드시 필요하다. 지혜는 자신을 성장하게 한다.

거센 파도는 자신을 발전시키고 성장시킬 수 있는 과정이다. 거센 파도를 헤쳐 나가야만 자신이 이루고자 하는 일을 이룰 수 있다.

내 인생은 나의 것

인생은 희로애락이다. 언제나 기쁘고 좋은 일만 있는 것도 아니고 늘 슬프거나 화나는 일만 있는 것도 아니다. 때로는 슬프거나 화가 나는 일이 있고 기쁘거나 즐거운 일이 있는 것이 인생이다.

나의 인생은 분명 나 자신의 것이다. 누가 대신 살아줄 수 없는 것이 나의 인생이다. 내 자신의 힘과 의지로 살아가는 것이 인생이다. 하지만 온전히 나의 것만이라 할 수 없는 것이 또한 인생이다. 가족과 이웃, 친구와 주변 사람들과의 관계 속에서 우리는 자기 자신만을 생각하며 살아갈 수가 없다. 그렇기에 나의 인생은 온전히 나만의 것이라고도 할 수 없다.

무엇보다 중요한 것은 자신의 인생을 주체적이고 주도적으로 살아가야 한다는 것이다. 그것이 자신의 인생을 제대로 살아가는 길이다.

아침은 언제나 새롭다

어느 날이든 아침은 늘 다시 찾아온다. 맑은 날이나 흐린 날을 구분하지 않고 언제나 아침은 찾아온다.

힘들고 어려웠던 하루도 지나고 나면 다음 날이 된다. 그 다음 날의 시작이 바로 언제나 밝아 오는 아침이다.

아침은 늘 새롭게 시작할 수 있다. 늘 똑같은 일상 같지만 그렇지 않다. 언제나 아침은 신선하고 설레는 시작이다. 늘 새롭기만 하다.

아침을 맞이하는 새로운 마음을 가진다면 하루가 달라질 것이다.

우리의 삶에서 어느 하루도 소중하지 않은 날은 없다. 오늘도 소중한 하루를 보내기 위해 최선을 다해야만 한다.

행복은 스스로 제조하는 것이다

용기는 새로움에 대한 도전이다

사람이란

인생이란

삶은 창업이다

부자가 되는 길

인생은
창업이다

—

연 창 수

창업컨설턴트, 굿택스경영연구소 대표
한국M&A거래소 파트너
주식회사 TRS컨설팅협회 대표이사
한양사이버대학교 부동산학 · 경영학(재무 · 금융 · 회계) 졸
성균관대학교 글로벌 창업대학원 석사과정

좀 더 나은 삶을 위해
"보다 더 나은 세상을 위해 내가 할 수 있는 일은 무엇인가?",
"나는 내 인생에서 무엇을 이루려고 하는가?"
우리는 인생을 설계하며 살아야 합니다. 이 책이 인생이 무엇인지,
어떻게 살아야 하는지 깨달음을 주는 계기가 되었으면 합니다.
우리가 살아가는 삶은 그 자체가 창업입니다.
새로운 일을 시작하고 그 일을 성공으로 만들어가고자 노력하는 것이
바로 인생입니다. 명품강사 과정을 통해 무엇이 소중한지 알게 되었습니다.
지금부터 나 자신의 진정한 삶과 성공을 위해 노력하고자 합니다.
저와 함께하는 가족과 친구들에게 영원히 함께함을 다짐합니다.

용기는 새로움에 대한 도전이다

우리는 새로운 것을 시작하는 데 많이 망설이게 된다. 새로운 일을 선뜻 수월하게 시작하지 못하는 것이 현실이다. 시작하기도 전에 미리 결과를 예상해 어렵다고 생각하거나 잘 되지 않을 것이라 생각하면 그냥 포기하고 만다. 참으로 어리석은 생각이다. 물론 충분히 고려하고 판단하는 것은 좋지만 막연하게 생각하거나 미리 예상해서 시작도 하지 않는다면 이룰 수 있는 것이 그다지 많지 않다.

새로움에 도전하기 위해서는 미래의 비전을 생각해야 한다. 실천하여 자신이 원하는 것을 이루었을 때를 충분히 생각해야만 한다.

생각한 바를 행동으로 실천하는 것은 참으로 어렵다. 이를 실천하기 위해서는 스스로의 용기가 필요하다. 용기 있는 사람이 도전하고 실천할 수 있는 것이다. 용기는 새로움에 대한 도전을 하게 해준다. 용기가 없다면 새로운 일에 도전하기가 쉽지 않다.

어떤 일을 시작할 때 우리는 용기가 필요하다. 무엇인가를 얻기 위해 우리는 용기를 내야만 한다. 용기가 자신에게 소중한 것을 가져다준다는 사실을 잊지 말아야 한다.

대한민국대통령가서1000인회 항동저서서 · 명품가서를 꿈꾸다

실패는

　실패는 어떤 일을 하다가 멈추거나 포기하는 것이 아니다. 바로 실패는 도전조차 하지 않는 것이다. 지난 과거를 회상했을 때 도전 하기보다는 멈춘 적이 많다면 이는 실패를 두려워해서 그렇다.

　실패를 하더라도 멈추거나 포기하지 않고 조금씩 개선해 나간다면 언젠가 성공이라는 열매를 얻을 것이다.

　실패는 행동하지 않고 도전하지 않는 것이다. 행동하지 않고 이 루어지는 것은 아무 것도 없다. 생각만으로는 그 어느 것도 이룰 수 없다.

　도전하지 않으면 실패가 없다. 실패를 두려워할 필요는 없다. 실 패를 해본 사람이 그것을 극복할 때 성공을 이룰 수 있기 때문이다.

행복은 스스로 제조하는 것이다

스스로 만들어가는 행복이 진정한 행복이다. 남이 주는 행복은 쾌감일 뿐이다.

복권에 당첨되었다고 과연 행복할까? 뉴스를 통해 알 수 있듯이 복권 당첨 뒤에 불행한 삶을 사는 사람이 너무도 많다.

잠시 스쳐 가는 행복은 제대로 된 행복이 아니다. 사람들은 모두가 행복하길 바란다. 그 행복이 오래도록 지속되길 바란다.

이 세상에 영원한 것은 없다. 행복도 영원할 수는 없다. 그렇기에 늘 최선을 다해야만 한다. 잠시 소홀하면 어느새 행복은 멀리 떠나 버린다.

어느 누가 행복을 만들어주길 기대하지 말자. 내 자신의 노력으로 행복을 만들어가자. 그것이 진정한 행복이며 오래 지속될 수 있는 행복이다.

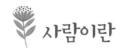# 사람이란

사람이란 과연 무엇일까? 어떤 존재일까? 철학자의 입장에서 생각하는 것이 아니라 평범한 사람의 입장에서 생각해본다. 이 세상에서 혼자 살아가는 사람은 드물다. 정상적인 생활을 하는 사람 곁에는 누군가 함께 있다. 가족이나 친구, 친척이나 이웃은 물론 직장동료와 주변 사람들이 존재한다. 세상은 혼자 살아갈 수 없기 때문이다. 물론 자연인이나 특별한 사정이 있어서 혼자 있는 사람도 있다.

우리가 살고 있는 세상은 함께 어울리며 도와주고 즐기는 사회다. 사람들이 함께 살아가는 사회인 것이다. 요즘은 창업을 하더라도 협업을 통해 서로 부족한 부분은 보완하고 장점과 강점을 키워야만 성공으로 이끌 수 있다.

그것이 세상사는 것이다. 세상을 혼자서만 살 수는 없다. 여럿이 함께 살아가야만 한다. 사람이기에 더욱 그렇다. 사람은 함께 살아갈 때 진정한 삶을 누릴 수 있는 것이다.

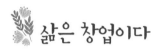

삶은 창업이다

　세상에 많은 사람은 성공한 삶보다 실패한 삶을 산다. 왜 그럴까? 삶에 대한 꿈과 목표, 그리고 미래에 대한 설계가 없기 때문일 것이다.

　창업을 하려면 어떤 아이템을 선정하고 설계한 후 사업계획서를 작성하여야 한다. 어떻게 자금을 마련하고 누구를 상대로 마케팅하며 어떻게 수익을 낼 것인가 등 많은 고민을 하며 실행에 옮겨야 한다. 잘못된 부분을 고쳐 가면서 재도전해야 성공이라는 열매의 맛을 볼 수 있다.

　삶도 마찬가지이다. 꿈과 목표, 그리고 미래를 믿고 계속 도전하는 삶은 성공할 수 있다. 하지만 꿈도 없고 미래에 대한 설계도 없는 삶은 성공의 열매를 맺을 수 없다. 미래는 미래가 있다고 믿는 자에게 온다. 우리의 삶도 새로운 창업과 같은 것이다.

대한민국명품가사1000인회 공동저서 · 명품가사를 꿈꾸다

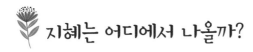

지혜는 어디에서 나올까?

요즘 사회에서는 많은 것을 요구한다. 그 중 가장 많이 요구하는 것이 창의력인 것 같다. 요즘 사회에서는 바로 창의력이 지혜다. 지혜를 기르기 위해서는 많은 책을 읽고 글로 생각을 정리해야 한다.

책 속에는 지식이 담겨 있다. 또한 우리가 세상을 살아가는 데 필요로 하는 지혜도 담겨 있다. 책을 읽으면서 다양한 지혜를 습득할 수 있도록 독서의 생활화를 이루어야 한다.

글을 쓰는 것은 쉽지 않다. 그렇다고 크게 어려운 것도 아니다. 한번 시도해 본다면 어려움보다 흥미를 느끼게 될 것이다.

지혜를 키우고 사람들과 잘 어울리며 살아가는 것이 바로 현명하게 사는 것이다. 책을 읽고 글을 쓰는 생활 속에서 지혜는 차곡차곡 쌓이게 될 것이다.

# 인생이란

아침에 일어나 잠깐 생각을 해본다. 무엇을 해야 재미있고 행복할까? 어떤 일을 해야 즐겁고 행복한 인생을 살 수 있을까? 그러기 위해 일하고 운동하며 끊임없이 배우고 있다. 많은 사람들을 만나기도 한다. 여러 방법을 도모하며 재미있게 살고 있는 것 같은데도 허전하고 고독하다.

오늘 저녁도 지인들과 저녁 약속이 있다. 이들과 만나면 즐겁고 재미나다. 그러나 늘 내 마음속을 다 채워 주지는 못한다. 오늘 저녁도 그럴 것이다. 그러면 무엇을 해야 할까? 최근 몇 년 동안 많은 생각을 해봤지만 아직도 생각이 정리되지 않는다. 인생은 혼자일까? 혼자 사는 방법을 터득해야 할까?

'인생은 혼자 왔다 혼자 가는 것'이다. 하지만 혼자가 아니라 주변 사람들과 여럿이 함께 살아가는 것이 인생이다. 그러므로 다른 사람들과 화목하게 지내는 것이 즐겁고 행복한 인생을 살아가는 한 방법이다.

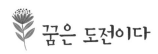

꿈은 도전이다

꿈은 무엇일까. 꿈은 자신이 진정으로 원하는 것이다. 그런데 꿈은 저절로 이루어지지 않는다. 꿈은 도전해야만 한다. 바로 꿈은 도전이다. 도전해야만 꿈을 이룰 수 있다. 그리고 도전하기 전에 내가 그것을 진정으로 원하는지 알아내야 한다.

나의 꿈은 청년창업가들의 멘토가 되는 것이다. 이 꿈을 이루기 위해 강의준비와 글쓰기 공부를 시작했다.

우리나라 나이로 55세가 되는 정유년! 언젠가 은퇴해야 하고 노인의 삶을 살아야 하는데 100세를 산다면 어떻게 살까?
집에서 넘어져 고관절을 다쳐 거동을 못하는 어머니를 생각하면서 노인들은 어떤 일을 하고 어떻게 살아야 할까 고민해 보았다.

65세 이상 인구가 차지하는 비중이 전체 인구의 20%이상일 때 초고령사회라 한다. 우리나라는 2026년이 되면 초고령사회가 될 것이라 예상하고 있다. 초고령사회를 살아가기 위해서는 지금부터 준비를 해야만 한다. 먼 훗날 훨씬 더 나이 들었을 때 후회하지 않을 인생을 살기 위해 지금부터 끊임없는 도전을 하고자 한다. 도전은 언젠가 나의 꿈을 이루게 할 것이다.

희망은

희망은 갖는 사람만이 주인이 될 수 있다.

희망은 품는 사람의 것이다.

희망은 설렘이다.

희망은 가슴을 불타오르게 한다.

희망은 삶의 기쁨이다.

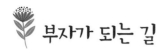

부자가 되는 길

오늘날 많은 사람들은 돈을 벌기 위해 일하는 것에 급급하다. 열심히 일해 생활비를 벌고 좀 더 나은 사람은 미래를 위해 저축을 하는 데 여념이 없다.

부자는 돈을 위해 일하지 않는다. 그렇다면 무엇을 위해 일하는가? 부자는 자기 변화를 위해 과거를 돌아보고 미래를 위해 일을 한다. 자신의 소중한 가치를 만들기 위해 일을 하는 것이다.

나의 발전은 대부분 실수를 통해 이루어진다. 사람들은 실수가 바탕이 되어 다시는 똑같은 실수를 하지 않기 위해 노력한다. 자신이 했던 실수를 하나하나 줄여 나가는 일을 계속하는 사람이 부자가 되는 것이다.

부자는 하루아침에 탄생하지 않는다. 수많은 노력과 소중한 땀을 흘린 사람이 부자가 된다. 부자가 된 후에는 더 많은 노력을 하게 된다. 자신을 지키기 위해서 말이다.

부자가 되는 사람은 어떠한 도전이나 두려움도 이겨낼 자신감이 넘친다. 이들은 한 번 넘어지면 오뚝이처럼 또 다시 일어난다. 어떠한 상황 속에서도 결코 나약하지 않은 강한 의지를 가지고 있다.

부자가 되는 길은 자신과의 싸움에서 이기는 것이다.

비워야 채워진다

내 인생의 주인공

여행은 재충전의 시간

자신에게 선물을 줘라

열정은 두드림이다

행복은 캠프다

필연과 우연이
내게 준 선물

—

유 석 영

청주대학교 예술대학 산업디자인학과 졸업
아동미술 심리치료사, 관인 꾸밈미술학원 원장 역임
YBM 시사영어사 교육콘텐츠 개발 자문위원
죽림초등학교 어머니 회장, 죽림초등학교 운영위원회 부위원장
서원대학교 교육대학원 교육행정학과 재학 중
2004년부터 현 세하어린이집 원장 재직 중

나에게 가장 소중한 것이 무엇인지 나의 꿈이 무엇인지도 알기 전에
세월은 빠르게 흘러버렸습니다. 사람의 생은 영원하지 않기에 더욱
더 소중합니다. 하루를 살더라도 가치 있고 의미 있는 삶을 위해
강사의 꿈을 꾸게 되었고 훌륭하신 스승님을 선물 받았습니다.
하루살이는 단 하루를 성충으로 살기 위해 유충으로 1년을 기다린다고 합니다.
단 하루를 살더라도 내가 하고 싶은 일을 하며 멋지게 인생을 살아가려 합니다.
들판에 피어 있는 꽃들이 진한 향기를 뿜어내는 것은 찬바람과 찬 이슬을
온 몸으로 견뎌냈기 때문입니다. 들판에 피어 있는 들꽃처럼 바람에 흔들리고
오가는 발길에 채이면서 살아온 인생 경험을 모든 사람들과 이야기하고 싶습니다.

🌿 1등의 무한시대

　한쪽을 바라보는 출발선에서 달리기를 하면 일등은 한 명이지만 360도 원에서 밖으로 달리기를 하면 1등은 360명 이상이 나온다. 아이들의 재능이나 특성은 각각 다르기 때문에 공부라는 한 가지에만 잣대를 두어서는 안 된다. 운동을 좋아하는 아이는 운동으로 성공하고, 그림을 좋아하는 아이는 그림으로 성공하고, 노래를 좋아하는 아이는 음악으로 성공하고, 먹는 것을 좋아하는 아이는 요리로 성공할 것이다.

　예전에는 누구나 공부를 조금 잘한다 싶으면 판사, 변호사, 의사 등 일명 사자 직업을 시키지 못해 안달이었다. 하지만 누구에게나 공장에서 찍어낸 기성복처럼 획일화된 학습보다는 그것을 왜 하고 싶은지 어떻게 그 목표를 달성할 수 있는지 등의 동기부여가 필요하다. 2030년까지 전 세계에서 20억 개의 일자리가 사라진다고 한다. 미래엔 특별한 기술이나 예술처럼 기계가 할 수 없거나 컴퓨터가 할 수 없는 직업이 각광받는 날이 올 것이다. 직업에는 귀천이 없다고 했다. 다가올 미래변화에 대처하기 위해서는 고정관념을 버리고 자기 자신이 하고 싶은 일을 찾아 그 일을 즐기면서 할 수 있도록 노력하는 것이 무엇보다 중요하다. 우리가 살아가는 세상에서 1등은 수없이 많이 나오게 된다. 미래시대는 시험의 결과로 가릴 수 없는 1등의 무한시대가 열리게 될 것이다.

가을바람

가을바람 살랑살랑 불어오면
뾰족 뾰족 가시옷 입고 있던 밤들은
쩌억 입을 크게 벌리고
후두둑 바닥으로 곤두박질친다.

가을바람 살랑살랑 불어오면
들판에 누렇게 익은 벼들은
공손하게 인사한다.

주렁주렁 정감 넘치는 감들은
파아란 하늘과 누가 더 예쁜지 내기를 한다.

가을바람 살랑살랑 불어오면
빠알간 고추 잠자리들은
윙윙거리며 앞서거니 뒤서거니 내기를 한다.

아가손 닮은 예쁜 단풍잎들은
가을 해님을 사랑해서
빨갛게 빨갛게 물들어간다.

🌾 내 인생의 주인공

'자네 정말 잘 살아 왔네~ 여기까지 걸어오느라 많이 힘들었지?'

오늘도 난 스스로에게 위로의 말을 한다.

어린 시절에는 그다지 커다란 고민 없이 살아간다. 하지만 나이가 들면서 우리는 수많은 고민과 걱정들이 늘어나고 책임감 또한 생기게 된다.

행복해지려면 나 자신을 사랑하는 방법을 알아야 한다. 자신을 사랑하고 아껴 주어야 다른 사람들도 나를 사랑해 주는 것이다. 어느 누구나 완벽한 사람은 없다. 조금은 부족하고 허술해도 사람마다 장점이 있고 그것이 그 사람을 빛나게 한다. 너무 완벽하게 살려고 하지 말고 자신의 작은 장점이라도 살려 최선을 다한다면 이미 당신은 최고의 사람이 되어있을 것이다. 사람이 한 가지 일에 열정을 가지고 수십 년 노력한다면 누구나 성공이라는 자리에 오를 수 있다.

'생활의 달인'이라는 프로그램을 보면서 언제나 감탄을 한다. 아주 작은 일이지만 최선을 다해 최고가 되어있는 달인들을 보면 나도 모르게 엄지 척하게 된다.

오늘도 열심히 살아가는 내 자신을 스스로 아껴주고 사랑해 주자. 앞으로 최선을 다해 살아갈 내 자신에게 더욱 열심히 살라고 파이팅 해주며 살자. 바로 내 인생의 주인공은 나 자신이니까 말이다.

대한민국멘토링강사1000인회 공동저서 · 명품강사를 만나다

도전하면 이루리라

　도전은 세상을 보는 또 다른 관심이다. 요즘 방송을 보면 파일럿 방송이 눈길을 끈다. 파일럿 프로그램은 정규 방송 편성에 앞서 한 두 편을 미리 내보내 시청자들의 반응을 살피는 것이다. 좋으면 고정 방송을 할지 결정하여 편성을 하는 프로그램이다. 새로운 것이나 다른 사람들이 하지 않는 것에 관심을 가지고 내가 잘할 수 있고 즐거운 것이 무엇이 있을까 하면서 도전에 도전을 거듭하는 사람들. 끊임없이 도전하는 파일럿 프로그램을 보면서 도전이란 다른 사람의 것이라고, 특별한 사람들의 것이라고 생각했던 내 자신의 생각에 조금씩 변화가 생기기 시작했다.

　도전이란 관심이고 열정이다. 내가 무엇을 좋아하고 무엇에 관심이 있을까? 어떤 이들은 시작도 하기 전에 '힘들어. 안 될 거야. 남의 일이야.' 하면서 쉽게 포기하고 좌절하면서 살아간다. 세상에서 가장 무서운 단어는 포기라고 한다. 도전과 실패가 반복되어도 내일은 또 어떤 새로운 일들이 다가와 가슴 뛰게 할까 하는 기대와 설렘으로 도전하라. 포기하지 않고 열심히 도전한다면 자신이 원하는 것을 반드시 이룰 것이다.

설렘과 두려움이 공존하는 세상

청년 같은 아버지를 하늘나라로 보내고 하늘과 땅을 원망하며 세월을 보낸 지 어느덧 11년이라는 세월이 흘렀다. 사람은 감당할 수 없는 시련을 당해 세상이 무섭다고 느낄 때 철이 든다고 한다. 커다란 아픔과 감당할 수 없는 시련인 사랑하는 아버지를 가슴에 묻고서야 비로소 철이 든 것 같다.

어려운 경제 상황 때문에 힘들어하거나 인간관계 때문에 힘들어하는 누군가를 보며 그저 입버릇처럼 이야기했다. 사는 거 뭐 있냐고, 우리 아버지 가신 나이까지 살면 우리에게 남은 시간이 얼마 남지 않았으니 살아갈 날들 중에 가장 젊은 오늘을 즐기며 후회 없이 사람답게 살자고 말했다.

그 후로 오랫동안 하루가 지나면 그 하루만큼 슬픔을 떼어버리며 살아왔다. 사랑하는 사람을 잊으려면 그 사람과 함께한 시간만큼 세월이 흘러야 그 사람과의 수많은 추억을 잊을 수 있다고 한다. 그러려면 앞으로도 많은 시간이 흘러야겠지.

사람이 사람답게 살아간다는 건 너무나 힘든 일이다. 우리는 하루에도 수없이 많은 관계와 갈등 속에서 살아간다. 하루하루 시간이 지날수록 더 많은 관계와 갈등 앞에서 우리는 수많은 인내와 싸우며 살아가야만 한다. 한 고개 넘으면 또 한 고개가 우리 앞을 가로막으며 기다리고 있다. 이제 겨우 하늘을 쳐다 볼 여유가 생겼다고 생각했는데 또 한 분의 아버지를 잃었다. 가슴이 먹먹하고 사는 게 뭐 이런가 하는 생각에 양쪽 어깨가 힘없이 내려앉는다. 세상 살아가는 일이 그저 녹록하지는 않다. 반 백 년의 시간을 살아오는 동안 수없이 많은 두 갈래의 길을 만났다. 수없이 많은 이별을 해보았고 이유도 모르는 비난을 받았었고 아주 여러 번의 실패도 맛보았다. 하지만 언제나 두 갈래 길에선 선택이라는 결정을 하고 그 길을 열심히 달려왔다. 기약 없는 이별을 겪으면서 또 그만큼 성장했다. 사정없이 쏟아지는 비난 앞에서도 비굴하지 않으려고 노력을 해왔으며 몇 번이고 되풀이되는 실패 앞에서 넘어지면 다시 일어서는 오뚝이처럼 수없이 일어서고 또 일어섰다.

그래! 난 또 한번 조금 더 세상을 알고 세상을 향해 고개 숙일 줄 아는 사람이 되어 갈 것이다. 인생이 무엇인가! 끝없이 생각하고, 끝없이 노력하고, 사람다운 사람으로 살아가면서 이 땅에서의 모든 생활들을 후회 없이 살아가야 한다.

우리의 인생은 언제나 양면성이 존재한다. 기쁜 일이 있으면 슬픈 일도 생긴다. 행복하다고 생각하면 어느새 좋지 않은 일이 곁으로 다가온다. 앞으로 다가올 실패나 역경을 두려워하지 않고 살아간다면 우리에겐 더 나은 내일이 기다리고 새로운 희망이 있다. 내일은 또 어떤 일들이 나를 기다리고 있을까. 살며시 설렘과 두려움이 함께하는 밤이다.

맞장구쳐줄 수 있는 사람이 되자

　대화는 서로가 주고받으면서 이루어지는 것이다. 대화를 할 때는 무엇보다 경청의 자세가 중요하다.

　신께서 인간을 만드실 때 입이나 혀는 하나를 만들고 귀를 두 개로 만드신 이유도 말하는 것보다 두 배는 더 남의 말에 귀를 기울이고 듣는 것에 노력해야 하기 때문이다. 상대방의 이야기를 귀담아 들어줄 때 말하는 사람도 더욱 신나게 말하게 된다. 판소리에서 보면 명창이 판소리를 할 때 고수는 추임새를 넣는다. "옳거니, 그렇지, 좋다, 얼씨구~" 하는 추임새를 고수가 넣어 주면 명창은 더욱 신나게 판소리를 하게 된다. 노래 부르는 명창과 귀명창이 조화롭게 되면 멋진 판소리 한마당이 되는 것처럼 말하는 상대에게 맞장구를 쳐주며 겸손하게 남의 말을 들어 주면 매끄러운 대화가 이루어질 것이다. 그렇다고 무조건 말을 하지 말라는 뜻은 아니다. 내가 하고 싶은 말은 어느 정도 하면서 상대방의 뜻을 존중하는 맞장구를 잘 치면 아름다운 대화가 이루어진다.

　맞장구는 흥을 만들어 내는 멋진 도구이다. 말 잘하는 사람을 더욱 신나게 말하게 하고 말을 잘하지 못하는 사람에겐 힘과 용기를 주는 멋진 도구인 것이다. 우리 같이 맞장구치며 살자. 서로 맞장구쳐 주는 사람이 되자.

대한민국명강사1000인회 공동저서 · 명품강사를 만나다

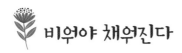# 비워야 채워진다

인간은 끝없는 욕망으로 살아간다. 자신이 아홉을 가지고 있어도 하나를 더 가져 열을 만들려고 한다. 다른 사람이 가진 하나를 뺏기 위해 끝없는 경쟁으로 또는 싸움으로 시간을 허비하며 살아간다. 나 또한 하나를 가지면 두 개를 가지려 하고 두 개를 가지면 세 개를 가지려고 안간힘을 쓰며 살아왔다. 무엇을 원하고 무엇을 이루려 하는지 특별한 목표도 없이 온갖 물욕으로 가득 차서 말이다.

흔히들 음식을 먹고 소화가 되지 않거나 하면 한 끼쯤 굶어서 속을 비우라고 한다. 삶을 살면서 비워내야 하는 것들이 많이 있다. 몸을 비우고, 마음을 비워야 하고, 욕심을 비우고 베풂으로 채우고 살아가야 한다. 우리보다 살기 힘든 사람들에게 내가 가진 것들을 하나하나 나누어 주면서 얻는 기쁨으로 다시 채워야 한다.

비워내지 않고 계속 채우기를 반복한다면 순환이 멈추고 불통으로 막혀버리게 된다. 이렇게 비우고 채우기를 반복하면서 살아가는 방법을 배우는 것이 또 다른 시작을 쉽고 가볍게 할 수 있는 것이다.

비우는 노력부터 해야만 채울 수 있다는 진리를 깨닫게 된다.

새해 새로운 계획

정유년 새해가 밝았다. 저마다 새해가 되면 새로운 계획을 세우거나 새로운 각오를 하게 된다. 무언가 새로운 마음으로 계획을 세울 때는 몇 가지 주의할 점이 있다.

1. 거창한 계획은 세우지 말자. 새해가 되었으니 살을 10kg 뺄 거야. 이건 지킬 수 없는 계획이다. 이렇게 바꿔야 한다. 열심히 운동하고 규칙적인 생활을 해서 2~3kg 줄이자고 바꾸면 지킬 수 있는 계획이 된다. 이처럼 거창한 계획보다는 실천 가능한 작은 습관을 만들자. 많은 계획을 세우고 이를 지키지 못해 마음이 조급해진다면 계획하지 않은 것만 못하다.

작지만 실천할 수 있는 것부터 하나하나 계획을 세워 보자. 무리한 계획은 실패나 좌절로 힘을 빠지게 한다. 조금 더 현실적인 목표를 가지고 한 가지부터 실천해 보도록 하자.

2. 꼭 해야 된다는 강박증을 버려라. 반드시, 꼭, 기필코 해야 된다는 강박증은 버려라. 목표를 가지고 계획을 세우는 것은 결국엔 행복해지기 위한 것이다.

계획이 실현되지 않았다고 실망하고 괴로워하는 것은 행복과는 거리가 먼 일이다. 운동을 하는 것도 건강하게 살아서 행복하기 위한 일이고 책을 많이 읽는 것도 지식을 통해 행복해지고자 하는 일이다. 무엇을 해야 한다는 압박은 자기 자신을 지치고 힘들게 만들어 결국엔 자책감에 빠지게 한다. 마음의 여유를 가지고 지킬 수 있는

대한민국동화사1000인의 공동저서 · 명품동화사랑 전국구단

것부터 하나하나 실천하도록 해보자.

3. 먼저 할 것을 정하고 칭찬해 주자. 가장 하고 싶은 게 무엇인지 지금 가장 필요한 것이 무엇인지 우선순위를 정한다. 그런 다음 1순위부터 실천해 보고 어느 정도 탄력이 붙으면 2순위, 3순위 순서대로 매일 조금씩 꾸준하게 실천해 보자. 한 번에 여러 가지를 시작하면 지치기 쉽다. 한 가지씩 제대로 잘해 나갈 때마다 스스로에게 칭찬과 격려 또한 잊지 말고 해주자. 칭찬이라는 녀석은 고래도 춤추게 할 만큼 훌륭한 동기부여가 되니까 말이다.

시작이 반이다. 이렇게 몇 가지만 주의하고 계획을 세운다면 2017년에는 반드시 원하는 것을 이룰 것이다.

🌿 선택은 두 갈래 길이다

여고시절 로버트 프로스트의 '두 갈래 길'을 읽으며 앞으로의 내 인생에 대해 고민했던 적이 있다. 숲 속에 두 갈래 길이 있었고, 나는 사람들이 적게 간 길을 택했다. 그리고 그것이 내 모든 것을 바꾸어 놓았다고…. 사람의 인생도 이처럼 걸어가는 길마다 두 갈래의 길이 나타나고 그때마다 선택을 해야 하는 일이 있다. 그 순간 사람들은 확실한 정답이 있는 것이 아니기에 두려움으로 망설이게 된다. 또한 내가 선택한 길이 좋은 길이 아니어서 후회하는 일이 생길까봐 주춤거리게 된다. 두 손에 떡을 들고 이러지도 저러지도 못하고 갈등을 하며 앞으로 펼쳐질 새로운 세상에 대한 막연한 두려움과 맞서기도 한다. 그렇다고 이쪽저쪽 모두 갖거나, 양쪽 길을 모두 갈 수는 없다. 반드시 양자택일을 해야만 한다.

시작하는 길이 잡초가 무성하고 아름답지 않은 길이라도 선택하고 걸어가면서 잡초는 베어내고 돌부리는 뽑아내면서 아름다운 길을 만들어 가면 된다. 땀 흘리며 노력하지 않고 얻어지는 성공은 결코 없을 테니까 말이다. 인생은 선택의 연속이다. 두 갈래의 길에서 선택을 하고 선택한 길에 열정을 쏟고 노력하며 살아가자. 지금의 선택을 후회하기보다 즐기면서 살아가자. 그러면 반드시 원하는 것을 얻을 것이다.

여행은 재충전의 시간

여행은 언제나 가슴 설레는 일이다. 어디를 갈 것인가, 누구와 갈 것인가를 결정하고 가지고 갈 물건들을 하나둘 챙기면서 즐거워한다. 그곳에서 새롭게 펼쳐질 일들을 미리 상상하면 가슴이 뛴다.

일상생활에 힘이 들고 지칠 때 일상에서 벗어나 눈앞에 펼쳐지는 풍경들을 마주하며 행복해한다. 어떤 이에게 여행은 영감을 얻기 위해 떠나는 것이고 또 어떤 이에게 여행은 짧은 일탈이 되기도 한다.

지금 하고 있는 모든 것들을 잠시 접어두고 삶의 비상구 같은 여행을 떠나보자. 사랑하는 사람들과 떠나 같은 곳을 바라보며 같은 추억을 만들어 보자. 여행에서 함께한 시간은 먼 훗날 아름다운 추억, 다시 돌아가고 싶은 추억이 될 것이다.

여행은 재충전의 기회를 만들어 준다. 그동안 쌓였던 피로나 스트레스를 말끔히 씻어 주는 힐링 그 자체다. 여행은 재충전의 시간이며 새로운 에너지를 만들어 준다.

열정은 두드림이다

살아오면서 어떤 일을 사랑하고 그 일을 지속적으로 한 적이 있는가? 간절하게 원하면 이루어진다고 한다. 자기가 하고 싶은 것에 애정을 갖고 그 일을 이루기 위해서는 끊임없이 노력하고 꿈꾸어야만한다. 꿈을 가지고 그 꿈을 이루기 위해 달려가는 사람에게만 열정이 함께한다.

두드려라. 갖고 있는 모든 힘을 다해서 힘껏 두드려라. 그러면 반드시 열릴 것이다. 암흑 같던 내일이 머리를 들이밀면 켜지는 현관센서등처럼 환하게 밝아질 것이다.

시작하지도 않은 것을 안 된다고 포기하는 사람들을 보며 어느 강사가 했던 말이 떠오른다. 실패는 열 개 중에 여덟 개는 성공하고 두개를 성공하지 못한 것을 말한다고 한다. 죽어라 하고 노력해서 얻지 못한 두 개는 있지만 이미 여덟 개는 성공하지 않았는가? 여덟 개 성공시킨 열정을 가지고 또다시 두드려라.

운동을 열심히 하는 사람은 아픈 만큼 근육이 생긴다고 한다. 열심히 내 앞에 놓인 삶들과 마주하고 치열하게 싸워서 이겨보자. 그리고 멋지게 승리의 북을 울리자. 두둥~ 둥둥둥~ 북을 두드리는 것처럼 바로 열정은 두드림이다. 두드려야 소리가 나고 무언가 변화가 일어나는 것이다.

인생 2막을 위한 파레토법칙

아들이 고3인데 아무 꿈도 없고 의욕도 없고 공부에도 관심 없이 놀기만 좋아한다고 수심 가득한 얼굴로 걱정을 하는 친구가 있다. 어느 날 친구 아들에게 물어보았다.

"수야! 넌 꿈이 있니? 공부는 일단 너의 주어진 숙제가 아니야. 밀린 숙제처럼 공부하는 것보다 꿈을 꾸고 꿈을 위해 살아야 해. 그저 왔다 갔다만 반복하는 시계추처럼 살고 있는 것은 아니니? 수야! 개미 100마리 중 먹이를 물고 부지런히 움직이는 개미는 20마리래. 나머지 80마리는 시계추처럼 20마리 개미를 따라 왔다 갔다 하는 거래~ 수는 20마리야? 80마리야?"

그 아이가 "아직은 80마리예요. 하지만 지금부터 20마리가 되기 위해 최선을 다할 거예요." 하고 말하며 미소를 짓는다. 울컥 목에서 무언가 뜨거운 것이 올라온다. 그대들에겐 바로 지금부터가 중요한 시간들이다. 멋지다.

인생을 먼저 살아온 우리들보다 훨씬 멋있고 아름답다. 젊음이라는 훌륭한 재료를 가지고 지지고 볶고 조물조물 맛난 인생을 조리해 보자. 훌륭한 젊은 그대들이 있는 한 이 나라의 미래는 빛나는 미래가 될 것이다.

자신에게 선물을 주라

'열심히 일한 그대 떠나라~'는 어느 카드사 광고의 글귀가 생각난다. 다른 사람에게는 수없이 많이 하는 말인 '사랑합니다, 수고했어, 많이 힘들었지, 너 참 대단해, 고맙습니다.'이런 말들을 자신에게도 해주며 살자.

세상을 살아가면서 자신에게 고맙다는 생각을 하고 살아가는 사람은 과연 몇 명이나 될까? 자신을 데리고 살아가는 일이 무엇보다 힘든 일이라 한다. 힘든 일이 있으면 힘들어하고 괴로워하는 자신을 다시 일상으로 돌아오게 하는 일은 매우 어렵다. 슬픈 일이 생기면 그 슬픔을 달래는 것도 어렵고 어떤 목표를 향해 달려가다 넘어지면 다시 일으켜 세우는 것도 어렵다.

이런 저런 이유로 힘들어하는 자신에게 조금이라도 쉬어가며 칭찬하는 마음으로 선물을 주자. 또한 고맙고 사랑한다고 말해 보자. 일년 전 어느 날 은행을 가서 예금통장을 하나 만들고 조금씩 저금을 하기 시작했다. 통장 겉표지에 '나에게 주는 선물'이라고 커다랗게 적으면서 넉넉한 미소와 함께 나에게 이런 말을 해주었다.

"그동안 많이 힘들었지? 수고했고 고마워~ 그리고 많이 사랑해~ 내 작은 마음이야 받아줘."라고 매달 적지만 조금씩 통장에 내 사랑을 듬뿍 담아 전하면서 나를 더욱 더 아끼며 살아갈 생각이다. 내 자신에게 인정받고 위로 받으면서 새롭게 다음 날을 기다리고 또 다른 꿈을 꾸면서 희망을 만들어 가보자.

대한민국요양보호사1000인의 공동저서 · 요양보호사를 꿈꾸다

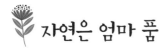

자연은 엄마 품

  겨울을 보내는 소리 졸졸졸. 얼음 녹아 흐르는 시냇물 소리와 함께 제일 먼저 노란 수선화를 선두로 매화와 목련, 개나리와 진달래가 앞서거니 뒤서거니 꽃망울을 터뜨리며 다가오는 봄. 원두막에서 시원한 수박 먹으며 짙어가는 매미 울음소리에 깊어가는 여름. 누렇게 물든 가을들판을 헤집고 다니며 댓병 가득 밀어 넣으며 잡던 메뚜기의 향연이 담겨있는 가을. 아버지가 철사 줄 매어 만들어 준 썰매 타느라 하루가 저무는지 모르던 겨울.

  이 모든 추억의 원천은 자연이다. 자연은 이처럼 모든 사람들에게 옛 추억을 되새기게 한다. 열심히 앞만 보고 달렸던 젊은 시절엔 길가에 핀 들꽃이나 뜰에 핀 예쁜 꽃들이 예쁜지 모르고 살아간다. 하지만 나이가 들어갈수록 예쁜 꽃들이 눈에 들어온다. 아마도 어릴 적 자연과 가까이에서 따스한 엄마 품 같은 자연에 안겨 힐링했던 것처럼 다시 돌아가고 싶은 마음 때문일 것이다.

  인간은 자연으로부터 에너지를 받는다. 태양으로부터 기를 받고 모든 인간이나 동식물에 이르기까지 빛이 없으면 살아갈 수가 없다. 이렇게 끝없이 주기만 하는 엄마의 마음 같은 자연에게 우리는 무얼 할 수 있을까? 앞으로 살아갈 후손에게 빌려 쓰는 자연, 이러한 엄마처럼 따뜻한 자연을 우리는 잘 지킬 수 있도록 아끼고 사랑하며 감사한 마음으로 살아가야겠다.

친구는 평행선이다

　사람들은 다른 사람에게서 들은 백 마디의 말보다 가까운 친구가 무심코 던진 말 한마디에 더 큰 마음의 상처를 입는다. 많이 믿고 의지하는 사람이기에 비록 자신이 잘못한 일이 있다 하더라도 위로 받고 싶기에 그럴 것이다.

　'친구에게 충고를 해주는 친구가 좋은 친구'라는 말이 있다. 하지만 무조건 충고를 해줘야 좋은 친구라는 생각은 고정관념이다. 지나친 충고는 오히려 친구와의 사이를 멀어지게 할 수 있다. 아무리 친한 친구라 하더라도 상대방의 허물을 탓하고 지적하기보다는 작은 위로의 말이 필요하다.

　진심 어린 위로의 말 한마디가 커다란 위안이 되기도 한다. 친구는 평행선과 같은 존재다. 길지 않은 인생길에 어깨를 나란히 하고 걸어가다가 돌부리에 걸려 넘어지면 손을 내밀어 일으켜 주는 친구가 좋다. 하던 일에 실패하고 좌절해 있을 때 소주 한 잔하며 위로해주고 기쁜 일이 생기면 자신의 일처럼 두 배 아니 열 배 더 기뻐해줄 수 있어야 한다.

　친구는 서로 우월감을 자랑하기보다는 살며시 무릎을 굽혀 키높이를 맞춰가는 것이다. 끝없이 나란히 놓여있는 평행선처럼 비바람 모진 풍파에도 흔들리지 않는 생각만 해도 미소가 절로 나오는 친구, 늘 곁에 있어 진심 어린 따뜻한 마음을 주고받을 수 있는 친구를 만들자.

대한민국국민강사1000인회 공동저서 · 명예강사를 꿈꾸다

행복은 램프다

　사람은 누구나 자신의 행복을 꿈꾸며 살아간다. 행복은 아주 작을 수도 있고 엄청나게 크게 느껴질 때도 있다. 눈에 보이지 않는 것이기에 스스로가 느끼는 정도에 따라 크기는 달라 보인다. 자신이 불행하다고 느끼면 이미 행복은 설 자리를 잃어버리고 바닥으로 떨어져 버린다. 자신의 생각과 노력 여하에 따라 행복이 불행으로 바뀌고 불행이 행복으로 바뀌기도 한다. 바닥으로 곤두박질치는 불행도 긍정적인 생각을 갖고 노력한다면 다시 행복한 시간을 만들기 위해 날아오를 것이다.

　행복은 언제나 우리 곁에 있고 항상 가까운 내 눈앞에 있다. 거창하고 큰 것에서 행복을 찾지 말고 아주 소소한 것에서도 나만의 작은 행복을 찾아보자. 행복은 램프와도 같다. 램프 속에서 따뜻하게 피어오르는 불꽃은 유리벽의 보호를 받아 어떤 비바람에도 꺼지지 않으며 오랫동안 타오른다. 행복은 자신을 돌보는 사람들의 것이다. 램프 속에서 꺼지지 않는 불꽃처럼 어떤 비바람이 불어도 꺼지지 않도록 돌봐 주어야 한다. 어떤 고난과 시련에도 꺼지지 않도록 유리벽과 같은 탄탄한 자신만의 바람막이를 만들어 주어야 한다. 행복은 자신이 만들어 가는 것이다. 이러한 사실을 잊지 말고 자기 자신이 주체가 되는 인생을 살아 보자. 나의 인생은 나의 것이다. 그러기에 자신의 노력이 뒤따라야 하는 것이다. 행복의 주인공이 되어 열심히 살아간다면 램프 속에서 꺼지지 않는 행복은 오래도록 영원할 것이다.

나 그대에게 드리는 선물

사랑도 연습이 필요하다

가을의 눈빛

고마운 말들

변화는 꿈꾸는 자에게 온다

따뜻한 포옹

우리가 꿈꾸는
세상

—

이 경 희

한국교원대학교 교육대학원 졸(교육학석사)
충북대학교 일반대학원 아동복지학과 졸(문학박사)
청원초등학교 병설유치원 교사
복지상담사, 학교상담사, 미술치료사, 뇌교육지도사, 청소년상담사,
심리상담사, 상담전문가, 정신건강증진상담사로 활동 중

웰빙, 행복, 100세 인생이란 말이 유행하고 있다.
건강하고 행복하게 노후를 맞고 싶은 것이 중년의 꿈이다.
제2의 인생을 준비하는 사람들도 늘고 있다.
글 쓰는 것을 즐기고, 청장년에게 동기를 주어 활기 있게 살도록 돕는 것이
새로운 삶의 즐거움이다. 진정 잘사는 것이 무엇인가를 연구하며,
나의 삶에 변화를 시도하고 새로운 꿈을 꾼다.
작은 것이지만 씨앗이 되고 꽃이 피어 열매를 맺기를 기도한다.
이 작은 책은 그 시작이다. 이 모든 것을 가능하게 해준 가족들께 감사드린다.
그리고 봄의 여정을 알리는 작은 시작에 감사하다.

사랑도 연습이 필요하다

우리는 흔히 사랑받은 사람이 사랑을 줄 줄 안다는 말을 한다. 부모님이나 친구로부터 사랑을 받은 사람이 훈훈하고 따뜻한 사랑을 많이 베푼다는 말이다. 어렸을 때부터 자녀들에게 충분한 사랑을 주라는 부모에게 약이 되는 이야기이기도 하다.

우리 어머니는 돌이 되기도 전에 부모님을 잃으셨다. 새엄마가 들어오셨지만, 충분한 사랑을 받지 못했다. 어머니는 언니들의 손에 자랐다. 경제가 어려웠던 시대라 눈칫밥을 드셨다는 말씀을 자주 하셨다. 어머니는 결혼을 하고 자녀를 출산했다. 가난 때문에 생활고에 시달리던 어머니는 잘사는 게 자녀사랑이라 여기셨다. 부모로부터 받은 사랑이 적으셔서 자식을 사랑할 줄 몰랐고, 먹고 사는 데만 정성을 기울이셨다. 나도 자녀를 키우며 살뜰하고 포근한 사랑을 주지 못했다. 끈적끈적한 사랑을 제대로 할 줄 몰랐다.

우리 엄마가 제일 후회하는 것이 자녀들을 제대로 사랑하지 못했다는 것이다. 돈을 벌기에만 바빴다고 미안하다는 말씀을 가끔 하신다. 나도 자녀에게 따뜻하고 포근한 사랑을 제대로 주지 못한 것 같아 미안한 마음을 갖고 있다. 엄마가 안쓰럽기도 하고, 엄마한테 받은 만큼 그대로 내 자녀에게 주는 나의 모습에 나 자신도 놀랐다.

요즘 나는 성장한 자녀들을 보며 사랑을 연습하고 있다. 군대 간 아들에게 매일 편지를 쓰는데 사랑한다는 말을 잊지 않는다. 전화가 오면 끈적끈적한 말을 사용한다. "아들! 잘 자라주어 고맙다. 엄마는 널 사랑한다." 아들의 싫다면서도 웃음 먹은 음성이 전해져 온다. 딸에게 전화를 한다. "힘들지? 힘내! 사랑한다."고 말한다. 문자를 보내기도 한다. 음식을 성의껏 준비하기도 한다. 예쁜 포장지에 선물을 정성껏 포장해 주기도 한다. 자녀들과 대화가 조금씩 많아지고 있다. 사랑을 연습하며 사랑을 배우고 있다.

요즘 나의 삶이 풍성해지고 기분이 좋아졌다. 공허한 낯빛이 없어지고 가슴 가득 채워지는 훈훈함이 몰려온다. 먹지 않아도 배부름을 느낀다. 마음이 풍성하고 여유로워지는 것을 알아챘다. 사랑은 가장 위대한 보물이라고 한다. 이 세상에 공짜는 없다. 사랑도 연습하고 배워서, 삶이 풍성해지고 고요해지길 바란다.

🌿 인생은 함께하는 여행

세상은 혼자서는 살아갈 수 없다. 고독을 즐기는 것도 인생의 멋이지만 더불어 살아가는 것이야말로 참다운 삶을 사는 방식이다. 얼마 전 친구의 남편이 죽었다는 부고를 받고 인생을 어떻게 살아야 할까 하는 질문에 봉착했다. 그것은 바로 건강하게 삶을 나누며 더불어 살아가는 삶, 세상에 태어나 매일매일 새롭게 쓰는 여행이 아닐까 생각한다.

우리의 일상이 여행이다. 모두가 함께하는 여행이다. 일상이 여행이라니 황홀하고 기대되고 설렌다. 매일 새로운 여행을 하고 있다니 얼마나 즐거운 날들인가? 아침에 눈을 뜨면 오늘은 어떤 여행을 할까, 무슨 일을 할까 계획을 세운다. 친구들과 맛있는 점심을 먹을 생각도 할 수 있고, 학습관에 가서 공감대화를 듣는 계획을 세울 수도 있다. 부부동반으로 제부도를 다녀올 계획을 세우고 좋은 추억을 만들며 함께하는 모습도 좋다.

주어진 하루하루가 내가 살아가는 여행이다. 아늑하게 커피 한 잔을 마시며 평화를 즐길 수도 있고, 음악에 심취해 마음속 기쁨을 향유하기도 한다. 매일 새로운 삶을 계획하고, 가슴 설레며 기쁨과 즐거움을 만끽하는 것이다.

대한민국응원가사1000인회 공동저서 · 영통강사를 꿈꾸다

여행은 즐겁기만 해서는 안 된다. 의미가 있어야 한다. 매일이 쾌락이라면 그 기쁨이 얼마만큼이나 갈까? 스마트폰중독, 쇼핑중독, 마약중독 등은 쾌락만을 쫓는 삶이다. 인간의 삶에는 의미가 있어야 참 기쁨과 평화가 공존한다고 한다. 때로는 의미 있는 계획을 세우는 것도 좋다. 이웃에게 친절한 미소 보내기, 만나는 사람에게 상냥하게 인사하기, 따뜻한 말을 내가 먼저 건네는 계획도 좋다. 부모님께 문안인사 전화를 드리고, 지인들이 하는 말을 잘 들어보려는 계획도 좋다.

새로운 일상의 계획에 가족과 이웃과 더불어 사는 여행도 좋지 않겠는가? 일상의 여행은 참 맛이 있어야 한다. 영혼을 위한 여행을 계획해 보는 것도 좋다. 사색을 위한 독서나 호수 둘레길을 고즈넉하게 걷는 것도 좋다. 영혼의 울림을 위한 요가도 좋다. 온전한 나의 모습을 비추어 주는 종교에 귀의하는 것도 좋다. 색색이 물든 자연 속 낙원에서 돌돌돌 흐르는 냇가에 귀 기울이는 것도 좋다. 몸과 마음을 닦아주는 거울이 있어 영혼이 힘들 때마다 힘과 에너지를 주는 보물창고가 된다면 그보다 더 기쁘고 즐거운 일이 또 있겠는가? 풍성해진 나의 영혼이 고요히 웃을 것이다.

인생은 매일 새롭게 주어지는 여행이다. 온전히 나의 몫이며, 나의 자유이며 의지다. 이왕 주어진 여행, 멋지게 계획도 세우고 유쾌하게 웃으며 즐겨 보자. 자연과 더불어 향유해 보자. 이웃과 함께 떠나 보자. 그대 품속으로 알알이 영근 행복이 찾아들 것이다.

나 그대에게 드리는 선물

나 그대에게 아주 작은 미소를 드립니다.
나와 함께 걸어가는 동안
햇볕의 따스한 마음 모아
꽃잎과 나뭇잎의 미소를 듬뿍 드립니다.

나 그대에게 상냥한 마음을 드립니다.
나와 함께 생활하는 공간에
따뜻한 레몬향의 촛불과 마알간 소금 모아
촉촉이 스며드는 상냥한 마음을 듬뿍 드립니다.

나 그대에게 맑은 순수함을 드립니다.
나와 함께하는 그대의 마음속에
언제나 웃을 수 있는 향기 그윽한 하늘빛 담아
밝게 퍼지는 기운을 알아차리는 맑은 순수함을 듬뿍 드립니다.

나 그대에게 작은 행복을 드립니다.
온전한 마음으로 담는 풍요로운 영감에
사랑의 고마움과 자존의 감사를 모아
환하게 스며드는 영혼의 축복을 듬뿍 드립니다.

🌿 가을의 눈빛

초록잎 서성이다 빨간잎 만나는 날
하늘 열매 틈새로 드높은 가을문을 열었다.

밝은 메아리 충만함 품은 가을길
가로수는 사람들로 붐비고
억새풀은 바람결에 풍미를 사로잡는다.

거꾸로 보는 하늘 숲 사이 새어 나온 빛
어우러진 단풍 마음 찌꺼기 담아
아름다운 선율로 피어난다.

내가 그러하듯이 네가 그러하듯이
또 다른 가을 빛바랜 추억

꽃잎들 향기 춤추고 마알간 향수 발 담가
그리운 눈빛 네게 보낸다.

삶에서 가장 좋은 때는 바로 지금

이 세상에는 소중한 금이 여러 가지가 있다. 그 중에서 지금이 가장 소중한 금이다. 이 순간이 지나면 다시 돌아올 수 없고, 지금이 가장 행복한 순간이기 때문이다. 누구에게나 존재하지만 때로는 직시하지 못하여 소중한 것을 지나쳐 버리는 우를 범하기 쉽다. 용기를 내어 지금의 인생을 받아들여 풍성한 삶을 계획해 보는 것도 좋을 듯하다.

지금부터 시작해 보자. 지금이 인생에서 가장 좋을 때라고 한다. 모찌스 할머니는 51세에 화가가 되어 101세까지 왕성한 창작활동을 하였다. 대만의 한 할아버지는 102세에 책을 펴냈다. 그는 92세에 대학에 진학하고, 97세에 대학원을 졸업하였으며, 98세에 세계 배낭여행을 몇 달 동안 다녔다고 한다. 바로 나이는 숫자에 불과한 것이다.

늦었다고 생각했을 때가 가장 빠른 시기라고 한다. 어느 할아버지는 60세까지는 열심히 살았고 현재 93세인데 30년 동안은 한 일이 없다고 했다. 그 할아버지는 33년의 세월을 안타까워하며, 지금부터라도 열심히 살자는 생각에 영어공부를 시작했다고 한다. 어떻게 살 것인가 하며 다시 계획을 세웠다고 한다. 이처럼 100세 시대를 바라보며 제2의 인생을 준비하는 사람도 많다. 결코 늦지 않았다.

지금부터 친구를 만들자. 인생에서 중요한 것이 친구라고 한다.

같이 즐거움을 나누며 인생을 공유할 친구가 필요하다. 슬프고 힘들거나 고통스러울 때도 삶을 나눌 친구가 필요하다. 설탕 같은 달콤한 사랑을 나누는 데도 친구가 필요하다. "훌륭한 행동이 훌륭한 말보다 낫다."라는 벤자민 프랭클린의 말처럼 가족에게, 친구에게 행동으로 한 발 더 다가가 보자. 친구를 믿고 끝까지 신뢰하면 최고의 교훈을 얻든지 최고의 인연을 만난다고 한다. 실패해도 교훈을 얻기에 손해 볼 것이 없다.

81세의 법무사와 저녁을 먹을 기회가 있었는데 그는 고혈압, 당뇨병, 고지혈증이 없는 건강한 사람이라며 좌중을 덕담과 유머로 휘어잡았다. 그의 곁에는 늘 사람들이 있었기에 덕담을 나누며 건강할 수 있었다. 지금부터라도 남을 웃기는 사람, 웃어 주는 사람, 믿지며 사는 사람이 되어 20년 지기 친구를 만들어 보자. 돈과 명예나 권력에 눈멀지 말자. 가족과 친구가 가장 소중하다.

지금부터라도 즐겁게 살자. 성공하면 행복해지는 것이 아니라 행복하게 사는 것이 성공이다. 웃어서 행복한 것이 아니라 웃으면 행복이 다가온다. 하루하루를 즐기며 살아 보자. 내일로 미루지 말고 지금 즐겁게 살아 보자. 인생에서 가장 소중하고 의미 있는 일을 지금 시작해 보자. 한 번뿐인 인생을 후회 없이 지금 재미있게 살아 보자.

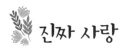 진짜 사랑

사랑은 주는 것
원하는 것을 주는 것
미소를 지으며 내 것을 주는 것

꽃들이 향기를 주듯
새들이 노래를 부르듯
네가 가장 좋아하는 것을 세상에 주는 것
그게 진짜 사랑

사랑은 마음에 퍼지는
향긋한 전율
진짜 사랑은 소리 없이 다가오는
느긋한 메아리

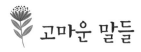 고마운 말들

살아가며 느끼는 따스한 말들이
위로와 치유, 그리고 사랑을 만들어 갑니다.
넌 좋은 사람이야. 넌 좋은 사람이야.
내 손 놓고 갈 수 있는데 내 손 잡았잖아.
그래 같이 가자 세상 끝까지. 당신이 뿌듯하고 대견합니다.
옆에 서있는 것만으로도 든든합니다.

새싹의 눈처럼 피어나는 가족의 말들이
감사하고 유쾌하며 감동적입니다.
당신이 내 남편이어서 고마워. 예쁘게 자라 주어 고맙구나.
넌 좋은 사람이야. 넌 좋은 사람이야.
다시 태어나도 당신이랑 살고 싶어.
가족 간의 고마움과 감사도 그때그때 표현합니다.

미안합니다. 사랑합니다. 고맙습니다.
인생이란 껴안고 즐거워하는 것입니다.
아름답게 시작하고 아름다운 끝을 선택하며
누구나 존중받을 귀한 사람으로 대접하는 말들
고맙고 감사하며 행복을 살찌웁니다.

자연이 주는 혜택

우리는 살아가면서 가끔씩 스트레스를 받을 때가 있다. 가족 때문에 화가 나기도 하고 직장에서 동료로부터 스트레스를 받기도 한다. 화가 나고 머리가 지끈 아플 때는 가까운 산에 간다. 호수가 보이는 산책길을 걷기도 한다. 산에 가면 공기가 상큼하다. 길을 걷다 보면 마음이 비워진다. 멀리 보이는 호수를 보면 욕심이 없어진다. 산의 정상에서 산 아래의 경치를 바라보면 마음의 고요와 평온함을 느낀다. 엄마의 품처럼 따뜻하고 아늑하며 위로를 받는다. 내가 좋아하는 것을 보면 진통제를 먹는 것과 같은 진통효과가 있다고 한다.

자연은 내가 좋아하는 애인처럼 스트레스를 해소시켜 준다. 고통도 없애 준다. 반짝하는 해결책을 주기도 한다. 밝고 맑은 마음을 선물해 준다. 살다가 힘든 일이 있으면 좋아하는 자연을 찾아가 보자. 마음이 복잡하면 한적한 자연을 찾아가 보자. 은행나무 길이나 계곡도 좋고 시냇물이 흐르는 오솔길도 좋다. 그윽한 솔의 향기가 풍기는 산자락이면 더 좋다. 그곳에서 엄마의 아늑함도 느끼고 따스한 자연의 에너지도 받아 보자. 포근한 사랑도 듬뿍 받아 보자.

돌아와 새롭게 시작해 보자. 스트레스가 희망으로 바뀐다. 힘찬 에너지와 맑은 기운이 맴돈다. 자연은 엄마 품처럼 치유와 위로, 그리고 희망을 준다. 자연은 우리에게 많은 것을 가져다준다. 마치 부모가 조건 없이 자식을 사랑하는 것처럼 말이다. 늘 자연에게 감사하며 살아야겠다.

대한민국명품2424 1000인화 공동저서 · 영웅인사들 펴내다

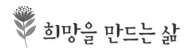

희망을 만드는 삶

달빛이 스며드는 어느 날 문득 거울을 보며 나는 나 자신을 사랑하고 있는 걸까 하는 의문이 든다. 50을 훌쩍 넘긴 내가 아직도 평사원으로 근무하는 나를 본다. 왜 하고픈 것만 하며 살았을까? 그동안 나는 하루하루 즐거우면 좋은 삶인 줄 알았다. 그날그날이 행복하면 미래가 밝을 줄 알았다. 이렇듯 미래를 다소 막연하게 생각했다.

승진해서 좀 더 편하게 안주하는 사람들이 부럽다. 희망이 보이지 않는 것이 절망이다. 끝까지 살아봐야 안다는 말이 부질없게 들린다. 공부, 학교, 직장이 부러움의 대상이 아니라는 말도 들리지 않는다. 절망이 오면 막혀 버린다. 막연한 목표 아래 산 것이 안타깝다.

나를 사랑하지 않는 것도 두렵다. 더 사랑하기 위해 한 발 다가선다. 나를 사랑하기 위한 희망을 찾는다. 만족을 찾아내고 미래를 계획한다. 나를 위한 꽃 한 송이와 선물을 준비한다. 올려다보면 끝이 없다. 내려다보면 이곳이 제일 높다. 오늘과 내일을 연결하는 희망의 사다리를 잡는다. 나를 사랑하기 위해 한 발을 또 내딛는다. 희망을 만들어 가기 위해 힘찬 도약을 하고자 한다. 삶은 끊임없이 희망을 만들어 가는 것이다.

인생 2막을 준비하는 엄마

엄마는 가장 편안한 쉼터이다. 넉넉한 품이고 안전한 휴식처이다. 따뜻하고 포근했던 엄마의 품은 세월이 흐르면서 꿈틀거리고 흔들린다. 다정한 엄마의 품이면서 새로운 삶의 터닝 포인트로 변화되기도 한다. 보통의 엄마들은 중년이 되면 빈집에 홀로 남는다. 갱년기로 굴곡의 상태인데다, 자녀들까지 독립하면 엄마는 허전함을 느낀다. 빈집증후군에 시달리는 엄마는 외로움과 공허함을 가눌 길이 없다. 낙엽을 따라 사색을 하여도, 또래 엄마들과 수다를 떨어도 공허한 마음을 달랠 길이 없다.

엄마들이 빈집증후군에서 빠져나오기 위해서는 돈을 모으려 하지 말고 배움을 선택해야만 한다. 배움을 선택하면 친구도, 취미도 생기게 된다. 새로운 일을 만들 수도 있다. 또한 삶의 새로운 활력을 찾을 수도 있다. 특히 시간의 여유가 많아진 장년의 엄마는 배움을 선택하면 인생 2막을 준비하면서 긴 터널에서 빠져 나올 수 있다. 특히 인간관계와 연관된 배움은 더 좋다. 경제문제도 해결하고 취미도 만들고 과거와는 다른 삶을 계획하는 것이다. 요즘은 열려 있는 시대이다. 어떤 엄마가 될지, 제2의 인생을 어떻게 선택할 것인가는 엄마 스스로가 결정하는 것이다. 허전하고 외롭다고 굴속으로 들어가면 무기력해지고 의지가 없어진다. 요리나 그림을 배울 수도 있고 공감대화를 배울 수도 있다. 난 생기 있는 엄마로 살고 싶다. 인생 2막을 새롭게 가꾸어야겠다. 희망에 부푼 엄마의 미래가 기대된다.

대한민국평생사100인의 공동저서 인문강사를 꿈꾸다

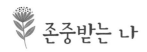

존중받는 나

가로수 길을 걸으며 나에 대해 생각을 해본다. 나는 나를 존중하며 살았는가? 가족들은 나를 존중해 주었는가? 학교 친구들은 나를 존중해 주었는가? 존중받고 이해받기 위해 무던히 뛰어온 세월이다. 갖은 애를 써도 존중보다는 질타 때문에 쓰라린 가슴을 잡고 울기도 하였다.

비교가 나를 더 억누르기도 하고 스스로 비교를 하기도 했다. 늦었지만 이제야 깨닫는다. 자신의 비교 때문에 존중하지 못하고 아픈 시간을 보냈다. 내가 나를 존중한다는 것이 쉬운 일은 아니다. 처음에는 가족들이 나를 존중해야 하는데 그렇지 못하다고 환경을 탓했다. 왕으로 태어났건 짐꾼으로 태어났건 자신의 처지를 묵묵히 받아들이고 당당하게 살아야 한다. 마음먹기에 따라 자존감이 다르다는 것을 알아야 한다.

나를 존중하고 내 인생을 존중하며 살아야 한다. 자신의 위치가 중요한 게 아니다. 지금의 나는 내가 살아온 과정에서 만들어진 나다. 지금의 불행은 내가 잘못 보낸 시간의 보답이다.

자신을 존중하는 사람은 시간을 잘 활용한다. 멋진 미래는 오늘이다. 비교하지 않고 나를 사랑하고 존중해야 한다. 자신을 스스로 격려하고 자신을 위한 선물도 한다. 작은 성공경험도 가진다. 든든한 지지자가 있다면 더 좋을 것이다. 나에게 쓰는 편지와 나에게 쓰는 감사장도 좋다. 존중받는 나로 다시 태어난 내가 참 좋다.

변화는 꿈꾸는 자에게 온다

변화를 원해야만 변화가 생기게 된다. 변화하려면 행동이 필요하다. 골프장에 간다고 골프를 잘 칠 수는 없다. 행복을 원한다고 행복이 그냥 오는 것도 아니다. 반드시 지속적인 노력이 따라야만 한다.

한 할머니가 운전면허 시험에 100번째 도전해 합격했다. 99번 떨어진 할머니는 1000번째에 붙을 줄 알았는데 일찍 합격했다고 좋아했다. 그리고 해외여행을 하기 위해 영어공부를 시작하였다. 75세에 대학원을 입학한 할아버지도 계셨다. 변화를 꿈꾸는 할아버지는 너무 늦은 나이가 아니냐고 했더니 건강검진표를 가져오셨다. 지금은 산악자전거 지도사 자격증을 따고 계신다고 하였다.

변화를 원하면 시작해야 한다. 나이도 상관없다. 직업도 상관없다. 소망을 가지고 시작하면 된다. 변화하기 위해서는 꾸준한 관심을 가져야 한다. 마음의 결심을 하고 시간을 투자하며 노력해야 한다. 10번에 안되면 99번을 하면 된다. 에디슨도 2000번의 실패 끝에 전구를 발명했다고 한다. 실패를 실패가 아닌 과정으로 생각하는 긍정적인 마인드가 성공을 이룬 것이다.

변화는 꿈꾸는 자에게 다가온다. 변화를 꿈꾸지 않는 자는 아무것도 이룰 수 없다. 새로운 길에 가슴 설레며 변화를 꿈꾸면 기쁨이 넘친다. 이룰 때까지 해보면 멋진 사람이 되어 있을 것이다.

대한민국요양보감1000인의 운동처방 · 운동처방사를 꿈꾸다

선택은 동전의 양면

　우리는 살면서 많은 선택을 하며 살아간다. 망설임 없이 선택하기도 하고 긴 고뇌 끝에 선택을 하기도 한다. 준비를 철저히 해온 사람은 선택이 쉬울 수도 있다. 선택이 어려운 이유는 선택을 하고 나면 책임을 져야 하기 때문이다. 하지만 선택은 동전의 양면처럼 어느 선택을 하던 가지 않은 길에 아쉬움이 남는다. 그러므로 어떻게 그 선택을 수용하는가 하는 것이 더 중요하다. 선택을 한 다음에는 후회하지 않아야 한다.

　어느 사람이 결혼을 할까 유학을 갈까 선택의 기로에 놓여 있어 자문을 구한 적이 있다. 인생의 앞길은 누구도 예측할 수 없다. 어디로 흘러갈지도 모른다. 그 사람이 어떤 삶을 선택해 살든 동전의 양면이라 그 사람의 의지를 살피게 된다. 몸짓과 언어에서 무엇을 하고 싶은 표시가 나면, 그 쪽을 지지해 준다. 자기가 선택한 것에 확신하고 싶어 물어 보는 것이기 때문이다.

　어떤 선택을 하던 비율로 보면 반반에서 약간의 차이가 날 뿐이다. 마음이 가는 대로 선택을 하고 그 선택에 대해 최선을 다해야 한다. 가지 않은 길에 대해 후회할 필요가 없다. 긍정적인 마음으로 그것을 받아들이자. 나의 선택이 5년 후 나에게 어떻게 돌아올 것인지 고민해 보자. 선택도 중요하지만 긍정적인 마음과 책임 있는 행동이 더 중요한 것이다. 동전의 양면인 선택이 주어졌을 때 고민하지 말고 긍정적인 마음으로 선택하고 선택한 일에 최선을 다하자.

내가 가진 것의 소중함

내가 가진 것들의 소중함을 아는 사람이 행복하다. 눈이 있어서 볼 수 있고 튼튼한 다리가 있어 걸을 수 있는 건강함이 소중하다. 나를 아껴 주고 사랑해 주는 부모가 있다는 것이 소중하다.

우리는 소중한 것을 잃었을 때 그 귀함이 얼마나 큰지 알게 된다. 가족도 이별을 경험해야 소중함을 안다. 펑퍼짐한 아내가 보기 싫어 늦게 들어오던 남편도 아내가 암으로 몇 개월밖에 살지 못한다는 사형선고를 받으면 아내의 소중함에 눈물을 흘린다.

장애인들이 와서 '감정나누기 작은 음악회'를 열었다. 앞이 보이지 않는 학생들이 악기를 배워 작은 음악회를 열어 준 것이다. 계단을 오르는데 서로 손을 잡고 도와주며 악보 없이 연주했다. 뭉클함이 느껴졌다. 장애인들은 눈이 보이지 않아도 웃을 줄 안다. 자기가 가진 것들의 소중함을 알기에 미소를 보내는 것이다. 우리는 우리가 가진 것의 소중함을 알까? 가족이 소중하고 건강이 소중하며 내가 가진 희망들의 소중함을 알고 살아가는 것일까? 보통은 우리가 가진 것들이 얼마만큼 귀한 것인지 잘 모른다.

가족이 있어서 좋고 몸이 건강해서 좋으며 내 안에 작은 희망이 있어서 좋은 것이다. 가진 것의 소중함을 알고 생활하는 건강한 사람으로 살고 싶다. 희망의 소중함을 알고 작은 불씨를 켜야겠다. 건강과 가족, 그리고 희망의 소중함을 알고 만족하며 행복하게 살고자 한다.

대한민국명품감사1000인1호 감동저서 · 명품감사를 엮으다

따듯한 포옹

아침 출근하는 남편을 보내기 전에 살짝 포옹한다. 시댁에 가도 시어머님을 꼬옥 안아 준다. 따듯한 포옹 안에는 사랑이 움직이고 울컥하는 진동이 있어서이다. 이렇게 스킨십을 즐기기 시작한 것은 감동과 포옹에 대한 연구결과를 듣고나서부터였다.

호주 시든 대학의 앤서니 그랜트라는 심리학 교수는 포옹이 주는 효과에 대해 연구했다. 그에 따르면 스트레스에 반응하는 그리티솔이라고 하는 호르몬이 있는데 포옹은 이 호르몬을 낮추어 세균으로부터 면역성을 강화시켜 주고, 혈압을 낮추며 심리적 불안이나 외로움을 감소시키는 효과가 있다고 발표했다. 스트레스 지수도 절반가량 떨어진다고 한다.

캐넌 그레인 교수는 가족끼리 따스하게 포옹하거나 부부끼리 포옹하면 정신적 · 신체적 보호막이 생겨 살아가는 데 위로와 용기를 준다고 한다. 아이들과 사랑한다고 포옹을 하면 아이들이 건강해진다는 말을 듣긴 했지만 실제 연구로 입증된 줄은 몰랐다. 한 번은 모임이 끝나고 서로 안아주는데 뭉클한 정이 솟아남이 느껴졌다. 체온을 나누고 정을 나누고 사랑이 오고감을 알아차린 것이다. 포옹하면 건강해지고 따듯함 때문에 정서적으로 안정된다고 하니 악수나 포옹을 사람들과 나누는 것이 좋겠다. 가장 소중한 가족에게도 따듯한 포옹으로 끈끈한 친밀감을 나누고 건강도 지키고 사랑도 차곡차곡 쌓이면 좋겠다.

소중한 친구

칭찬은 꿈을 키우는 씨앗이다

희망을 만들어 가는 시간

썩은 사과의 교훈

나는 지금 어디에

따스한 말 한마디

새로운 희망을
꿈꾼다

—

이 나 연

KT 충북본부 근무, 한국방송통신대학교 유아교육학과 졸
인성지도자교육과정 수료
영유아 대상 양성평등교육 강사 양성과정 수료
사회복지사 2급, 아동미술심리상담 기초과정 교육 수료
서원대학교 교육대학원 교육심리학 재학 중
사랑샘어린이집 원장

현재 나는 가정어린이집을 운영하고 있다.
나이 40이 되어 뒤늦게 공부를 시작하여, 제2의 직업을 갖게 되었다.
힘들 때면 나는 무엇인가 더 공부하고 나를 다듬어 가는 시간이 왔다고 생각한다.
무슨 이유가 있어서 행복하고 즐거운 것이 아니라 그냥 내가 무엇인가
할 수 있다는 사실만으로도 지금이 참 좋구나 하고 느끼며 살아가고 싶다.
가끔 이런 마음이 들다가도 아닌 순간도 찾아오지만,
나의 삶에는 변화가 조금씩 조금씩 찾아오고 있다.
몇 년 후에는 지금보다 더 나은 모습이 될 것이다.
이 마음으로 멈추지 않고 가다 보면 내가 상상하는 모습으로 변할 것이다.
그 상상이 현실로 다가오리라 믿는다.

🌿 무대 위의 나

반가운 사람에게 걸려온 전화 한 통. 오늘 하루 잘 보내라고 나의 안부를 물어 보고 걱정해 주는당신이 있어 기분이 마냥 좋아집니다. 늘 함께 하는 고마운 사람, 당신이 있기 때문입니다.

나에겐 아직 갈 길이 멀고 험난하기만 하지만 희망이 가득합니다.

무언가 이룰 수 있을 것 같습니다. 함께하는 사람들과 소중한 멘토가 존재하기에 더욱 그러합니다.

제대로 하지 못하고 부족한 게 많았던 나 자신이지만 이제부터라도 더욱 인정받고 칭찬받는 사람이 되도록 노력하렵니다.아직은 무대 위에 서면 어색하고 떨리지만 이 모습도 익숙해지겠지요.

꿈을 꿉니다.

희망을 가져 봅니다.머지않아 무대에 우뚝 서는 내 자신을 꿈꾸면서 말입니다.

대한민국명품건서1000인회 공동저서 · 명품건사를 꿈꾼다

소중한 친구

아침부터 몸도 마음도 무거웠다. 특별한 일도 없이 무엇인가 허전함이 내 가슴에 쏘옥 들어와 하루 종일 의욕 없는 하루를 보냈다.

저녁에 친구와 아귀찜에 맥주 두 잔을 마셨더니 온몸에 열기가 올랐다. 집으로 돌아오는 길에 차 안에서 못하는 노래를 불러 보았다.

"히히~ 나 노래 진짜 못하지?" 친구에게 미안하다 하니 운전하던 친구는 아무 말 없이 웃으며

"힘들었구나." 하는 것이다.

가만히 쳐다보며 미소 짓는 친구가 내 곁에 있어서 참 좋다.

누구든 소중한 친구는 반드시 필요하다. 친구가 많다는 것은 외롭지 않다는 것이다. 지금 내 곁에 있는 소중한 친구에게 더 소중한 친구가 되도록 노력해야겠다.

🌾 가을이 오면

차 안에서 그리고 차창 밖으로 느껴지는 이 느낌.
자연의 섭리가 또 신기함으로 다가와 소름이 돋아났다.
라디오에서 흘러나오는 '외로운가요 당신은~' 하는 노래에
가을은 우리에게 무엇인가 생각하게 하고
잠시 멈춰 뒤돌아보게 하는 계절인가 보다.
참 좋은 날이다.
햇살이 가을이다.
바람이 가을이다.
하늘이 가을이다.

덩달아 내 마음도 가을이다.

내 인생에 가을이 오면 시처럼 지금 나는 어느 계절일까?
계절이 변화하는 오늘 내 삶을 돌아보며
마음을 또 새롭게 가져 본다.

대한민국품격시1000인의 아름다워서 · 역동감사를 꼭 쓰다

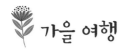
가을 여행

　오랜만에 등산 가방에 간식과 점심도시락을 넣어 둘이서 산행을 하였다. 낭성의 작은 마을길을 걷고 산길을 걸었다. 부지런한 농부의 손길에 깨끗해진 논두렁에서는 풀냄새가 가득했다.

　벼이삭에 꿀을 따는 꿀벌의 웡웡 날갯짓 소리나 위윙~ 추석을 앞두고 벌초하는 모습도 빨갛게 익어 가는 고추며 누렇게 익어 가는 호박도 모두 정겹다. 산길에 노랗게 피어난 마타리꽃이 나의 발걸음을 잠시 멈추게 하였다. 너무 예뻐 한참 바라보다 향기를 맡아 보았다. 꽃모습과는 달리 향기는 나의 얼굴을 찌푸리게 했다. 그 순간 외모가 참 아름다워 눈길을 잠깐 멈추게 할 수 있지만 가까이 갈수록 얼굴을 찌푸리게 하는 사람도 있고, 외모는 그다지 사람의 시선을 끌지 못하지만 만나면 만날수록 매력의 향기에 자꾸만 마음이 끌리는 사람이 있듯이 나도 그런 향기 좋은 사람이 되어야겠다고 다짐한다.

　한 차례 소낙비가 쏟아져 우리 둘은 큰 나무 아래 서서 말없이 비 오는 모습을 바라보아야만 했다. 곧 바로 그칠 것 같지 않아 후다닥 비닐하우스로 들어가 비가 잠잠해지기를 기다렸다. 기다리는 동안 노래를 흥얼거리는 당신의 손을 잡고 그저 비 오는 모습을 쳐다보았다. 빗줄기가 약해지자 우리는 손을 꼭 잡고 다시 길을 걸었다.

　우리 인생이란 긴 여행길에 마음을 나눌 수 있는 사람이 옆에 있다는 건 세상에서 제일 행복한 일일 것이다. 마음 행복한 가을여행이었다.

그리운 사람

비가 와도 생각나고
햇살이 따스한 날에도 생각나는
그리운 사람

바람이 불어도 생각나고
파란 하늘을 보아도 생각나는
그대는 그리운 사람

문득 문득 생각나는 사람
아마도
그건 함께하고픈 마음이 커서
그러한가 보다

오늘 아침은
그 마음이 쏟아지는
비 만큼인가 보다

그립다
너무도 그립다
내 마음의 그리운 사람

대한민국목장간사1000인회 공동저서 · 명품간사를 꿈꾸다!

칭찬은 꿈을 키우는 씨앗이다

칭찬은 못하는 일도 더 잘하게 하고 싶은 마음을 불러온다.
좀 서툴고 부족하지만 "잘하고 있어", "잘 했어요."라고
건네는 칭찬의 말은 참으로 기분 좋다.

칭찬은 땅속 깊이 숨어 있는 작은 씨앗에게 물을 주고 햇빛을 비
추는 것처럼 누군가의 작은 마음에 숨어 있는 꿈을 키울 수 있게 해
준다.

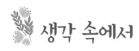

생각 속에서

이런 저런 생각.

우리는 하루에도 수많은 생각을 하며 살아가고 있다. 생각이 너무 많아서 나중에는 내가 무엇 때문에 무슨 생각을 하는지조차 잊곤 한다. 가끔씩은 아무 생각 없이 멍한 상태가 되기도 한다.

오늘 하루 바쁘게 생활한 것 같은데 지금 무엇을 향해 걸어가고 있는지 잠시 방향을 잃은 채 헤매고 있는 나를 보게 된다. 어디를 정하고 가야 할까?

그냥 가다 보면 보일까? 답답한 마음으로 하루를 보냈다.

잠시 가만히 앉아서 눈을 감아 본다.

그리고 나 자신에게

"그래 해보는 거야." 하고 마음을 다독여 본다.

좋은 생각을 해야 한다. 긍정적인 생각을 해야만 한다.

그래야만 발전과 희망을 기대할 수 있다.

대한민국명상시1000인회 공동저서 · 명품명상를 꿈꾸다

행복한 사람

행복한 사람은
아마도
옆에 누군가가 함께하며
마음을 나누고
내게 힘을 주고
그냥 웃어 주는 사람이 있는 게 아닐까.

행복한 사람은
늘 미소 지으며
혼자서도 웃을 수 있는
그런 사람이 아닐까.

행복한 사람은
나 혼자가 아닌
늘 함께하는 사람이 있어
행복을 나누며 소통하는 사람이 아닐까.

희망을 만들어 가는 시간

지금 무엇인가 시작하면

또 하나의 작은 점을 찍게 된다.

지금은 보이지도 않는 작은 점 하나지만

끊임없이 연결하다 보면

또 다른 무엇인가 나타나게 된다.

이 세상에 헛된 것은 하나도 없다.

지금 내가 시작한 일이나 하고자 하는 일에는 분명 이유가 있다.

그러기에 희망을 만들어 갈 수 있는 것이다.

오늘도 내게 희망은 멀지 않게 느껴진다.

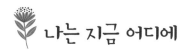

나는 지금 어디에

무심천 다리 끝 한쪽에 가방 하나 손에 움켜쥐고 가만히 앉아 계시는 할머니를 보았다. 가만히 눈을 감고 미동도 없이 그냥 앉아 있다.

가는 길이 힘이 들어 쉬어 가는 걸까?

따사로운 햇살에 그동안 살아온 자신의 삶을 가만 내려놓고 계시는 걸까?

너무 빨리 뛰기만 해서 이제 쉬고 싶은 것일까?

이 만큼 살아왔으니 내가 해야 할 일도 갈 곳도 없어졌으니 그냥 가만히 햇살을 받고 있는 걸까?

웅크리고 앉아 있는 할머니 모습에 왠지 모를 외로움과 쓸쓸함 그리고 고독이 묻어 나온다.

우리는 왜 이 세상에 태어났을까? 힘들다 하면서 바쁘게 살아가고 있는 우리 모습 속에서 다리 위에 햇살 받으며 웅크리고 앉아 잠시 눈을 감고 있는 할머니처럼 잠시 다 잊고 잠시 쉬어 가면 좋을 텐데…. 가을은 우리에게 그동안 살아온 나의 삶을 돌아보고 생각하게 하는 계절이다. 깊어 가는 가을 어느 날 인생에 대해 생각하며 조금씩 성장해 가고 있다.

변화를 위한 털갈이

새에게 털갈이란 어떤 의미일까? 군데군데 숭숭 털도 빠지고 초라해 누군가에게 보이고 싶지 않을 것이다. 혼자서 보내는 외로운 시간이 털갈이다.

더 새로운 모습으로 탄생하는 아픔의 시간이 꼭 필요한 것처럼 나에게도 지금이 새가 털갈이를 하는 시기라 생각한다.

지금은 조금 보기 싫고 부족하여 남들앞에 당당하게 드러내진 못하지만 혼자만의 고통의 시간을 잘 견뎌 내면 멋진 모습으로 태어나겠지.

이런 생각에 잠시 축 처진 나의 마음을 다독이며 아침을 맞이한다. 좋은 마음으로 생각하면 나도 모르는 사이에 좋은 일들이 슬금슬금 저 멀리서 다가올 것이다.

모든 사람에게 변화를 위한 털갈이 시기는 있기 마련이다.

바로 지금이 내게 그런 시기다.

나도 지금부터 변화를 위한 털갈이를 준비해야겠다. 시간이 지나면 분명 많은 성장이 이루어질 것이라 확신한다.

대한민국 명품 감성 1000인의 공동 저서 · 명품 감성을 깨부다

썩은 사과의 교훈

내 손에 쥐어 준 썩은 사과를 바라본다. 다른 사람 손에 쥐어진 빨 갛고 싱싱한 사과를 보며 난 울고 있다. 왜 나에게만 썩은 사과를 주 었느냐고 원망하며 힘들어 한다.

하루 이틀 다른 사람 손에 든 싱싱하고 빨갛게 익은 사과가 내겐 왜 없냐고 울며 시간을 보냈다. 그러던 어느 날 내 손에 든 썩은 사 과를 보니 점점 더 많이 썩어 가고 있었다. 아! 그제야 깨달았다. 좀 더 빨리 상처 난 곳을 도려내고 사과를 맛있게 먹으면 좋았을 텐데 싶었다. 손에 들고 있던 썩은 사과를 칼로 도려내고 남은 부분의 사 과를 먹으며 맛있구나 하며 맛을 느낀다.

우리의 삶도 똑같다. 다른 사람은 능력도 많고 좋은 집에서 사는 것을 부러워한다. 내가 지금 가지고 있는 소중한 것을 잃어 가고 놓 치며 살고 있는 건 아닐까? 지금 내가 가지고 있는 것을 제대로 누리 고 즐기며 생활하면 되는 것을 욕심 때문에 다른 사람이 가진 것을 부러워하고 바라보다 시간은 그냥 무의미하게 흘러가게 된다. 비록 보잘 것 없는 내 손에 쥐어진 썩은 사과지만 감사하며 썩은 부분을 과감히 도려낼 용기도 필요하다.

물론 결코 쉽지 않은 일이다. 참 어려운 일이다. 조금씩 세월이 흘 러가며 나이를 먹고 또 마음의 나이를 먹으면서 좀 더 여유로운 모 습이 될 것이라 확신한다. 썩은 사과가 나에게 주는 소중한 교훈을 가슴속 깊이 간직해야겠다.

🌿 나를 찾아가는 것이 삶이다

쉰을 바라보는 나이에 그동안 얼마나 열심히 살아왔는가 하면서 나 자신에게 물어 본다.

많은 생각에 힘든 어느 날 우리 아들이 "엄마 요즘 힘들어?" 하고 물어 온다. 그 질문에 "글쎄 힘들어 보였어? 엄마는 사실 다른 사람이 엄마에게 상처를 주고 힘들게 할 때보다 제일 힘들 때는 엄마가 생각한 일들을 엄마 생각만큼 이루지 못하고 중간에 포기하려 할 때 나 스스로 무능력을 확인할 때 제일 힘들구나." 했다. 그랬더니 아들은 "엄마 나도 그래요." 하는 것이다.

우리 아들과의 대화 속에서 나는 언제 행복했던가 생각해 본다. 지금까지 나의 삶을 돌이켜 본다. 나름 그래도 힘든 상황 속에서도 두 아이 키우고 늦게 공부하고 현재도 일을 하고 있는 나.

어느 날 문득 생각해 본다. 또 다른 일을. 내가 좋아하는 일, 잘하는 일이 무엇일까? 고민하고 생각하며 여기저기 기웃거리며 새로운 무엇인가를 찾고 있다. 지금도 두리번거리며 내가 잘하는 게 무엇일까 찾고 있다. 재능이란 숨은 그림 찾기처럼 어딘가에 비슷하게 생긴 내 모습이 아닌 진짜 내 모습을 찾아 가는 것이 또 삶이 아닐까 싶다. 그래서 오늘도 또 다른 나의 모습을 찾아보려 한다. 이렇게 찾고 또 찾다 보면 내가 좋아하는 나의 모습을 찾게 될 것이다.

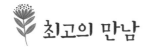

최고의 만남

인간은 사회적 동물이기 때문에 혼자서는 절대로 살아갈 수 없다. 그래서 우리는 관계 속에 있으면 편안해지기도 한다.

그러나 어떤 이는 사람들과의 관계 속에서 상처를 받기도 한다.

세상을 살면서 많은 사람을 만난다. 어떤 사람은 짧게 스쳐 지나가고 어떤 사람은 내 인생에 중요한 영향을 주기도 한다. 수많은 사람들 중에 지금 만나는 사람과는 어떤 인연이 있었던 걸까?

꼭 만나야 할 사람은 만나게 된다고 한다. 2015년 암자순례 시 어느 암자 기둥에 적혀 있던 구절이 생각난다. 사람의 만남은 억지로 엮어 놓는다고 엮어지는 게 아니라는 것이다. 아무리 내 곁에 두고 싶어도 떠나는 사람이 있는가 하면 서로 증오하고 미워하면서도 옆에 있는 사람이 있다.

대체 무슨 인연이기에 우린 서로 만나는 것일까? 부모 자식과의 만남을 비롯해 수많은 만남을 통해 우린 세상을 살아가고 있다. 살아가면서 나를 인정해 주고 나의 능력을 알게 해주고 나의 삶을 변화시킬 스승을 만나는 일은 인생 최고의 만남일 것이다.

앞으로 나도 그 누군가에게 희망을 주는 사람이 되고 싶다.

현명한 선택

　우리의 인생은 선택의 연속이다. 우리는 살아가면서 선택을 해야 할 때가 많이 있다. 이렇게 할까? 아님 하지 말까? 하면 어떻게 될까? 과연 할 수 있을까? 너무 힘들면 어쩌지? 그러면서 마음속에 수많은 생각이 떠오른다.

　시간을 두고 선택해야 할 경우 우리는 주변 사람들에게 물어 보거나 자문을 구하기도 한다. 하지만 그때 시험문제의 정답을 말해 주는 것처럼 누군가 속 시원한 결정을 내려 주길 바라고 있다. 그것은 내가 선택한 것에 확신을 받고 싶어 하는 마음이 숨어 있기 때문이다.

　우리는 내가 선택하고도 잘한 선택일까 하고 갈등을 하면서도 다른 사람의 한마디 말에 선택이 뒤바뀌기도 한다.

　과연 좋은 선택이란 무엇일까? 아무도 알 수 없는 일이지만 우리 모두는 더 좋은 선택을 하며 살고 싶어 한다. 어느 작가의 말처럼 우리가 할 일은 어떤 선택을 하면 다음에 할 일은 그 선택이 최선의 선택이 되도록 열심히 노력하여 좋은 결과가 생기도록 하는 것이다.

　나 자신을 믿고 최선을 다해 그 다음에 일어날 일들을 미리 생각하는 지혜를 키워야겠다. 두렵다고 그 일을 시작하지도 못하는 어리석은 사람은 되지 말아야겠다.

대한민국 응원가사 1000인회 공동저서 · 영원한 가족과 함께

🌿 나의 마음

우리의 세상은 마음먹기에 달려 있다.

"마음을 봐봐."

"그럼 알 수 있지."

나는 가끔 내 마음이 무엇인지 보고 싶을 때가 있다. 눈에 보이지도 않고 아무리 보려고 해도 허깨비처럼 보여서 좀처럼 볼 수가 없다.

마음이란 무엇을 말하는 건지 곰곰이 생각해 본다. 내가 지금 생각하거나 하고 싶은 것 그것이 마음인 것일까? 너무도 어렵다. 생각과 마음이라는 것은 너무도 자주 바뀌어서 알 수가 없는 존재이다. 그래도 오랫동안 내 머릿속에 있는 생각과 마음 뭉클해지는 그 무엇인가가 나를 또 힘나게 해준다.

내 자신에게 심법을 걸어 보는 게 또 내 마음이다.

"잘 할 거야."

"잘 될 거야."

오늘도 나의 마음을 다지고 있다.

따스한 말 한마디

"보고 싶다. 또 보고 싶다."라는 말 한마디가 내겐 너무 기쁘다.

갑자기 기분이 막 좋아져서 무슨 일이든 다 잘해 낼 수 있을 것 같다.

"고마워요.", "사랑해요.", "내 옆에 있어 줘서 참 좋아요."

따스한 말 한마디가 사람의 마음에 힘을 주고 무엇이든 해낼 수 있다는 자신감도 준다.

가까이 있는 사람들에게 따스한 말 한마디 건네주자. 그런 따스한 말 한마디 건네는 순간 내게도 놀라운 마음의 변화가 생길 것이다.

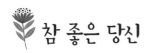

참 좋은 당신

당신을 만나 참 행복합니다.
돈을 주고도 살 수 없는 이 마음을
가지고 싶다고 해서 누구나
가질 수 없는 이 마음
당신이 내게 준 선물입니다.

보고 싶습니다
그립습니다
사랑합니다
고맙습니다
참 좋은 당신이 있어
행복합니다.

제자리

산골마담이 뜨고 있어요

그게 인생이야

민들레 홀씨 되어

엄마 생각

열정이 성공을 만든다

산골마담의
꿈

—

이 영 애

산골마담대표(농산물생산 · 가공 · 판매 · 체험)
산골마담밴드리더
강원도양구군해바라기센터 심리상담사
한국방송통신대학교 농학과3년 재학중
언론칼럼리스트

누구나 할 수 있는 일이지만 아무나 하지 못하는 일이 있습니다.
저도 신길수 교수님의 대한민국 명품강사과정에 참여하면서
아무나 하지 못하는 일을 지금 하고 있습니다.
쉽게 되는 일은 분명 없지만 간절함은 기회가 되고
도전은 설렘이 되어서 기쁜 결과를 보게 합니다.
덕분에 마음으로 보고 들으려 하는 훈습을 하며
조금씩 성장하는 산골마담의 꿈이 깊어집니다.

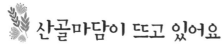

산골마담이 뜨고 있어요

"저 누군지 아세요?"란 문자가 들어왔다. 농산물을 택배로 발송 후 고객의 전화번호를 그룹별로 저장해 두었다가 농장소식을 전하거나 밴드 산골마담에 초대를 한다.

문자를 받고 혹시나 하는 생각에 전화를 드렸다. 일전에 주문해 주신 것에 감사를 전하니 하하 웃으시며 이런 말씀을 하신다. 얼마전 아내와 같이 있는데 산골마담으로부터 밴드초대와 감사의 문자가 왔다고. 그런데 아내가 산골마담이 누구냐고 추궁당하는 당혹스러운 일을 겪었다는 것이다.

대부분 작물을 택배로 받을 때 명함이나 택배용지를 확인하면 상호라는 인식을 하셨을텐데 하는 아쉬움이 있었지만 다소 염려했던 일이라 나도 웃음을 참을 수 없어 같이 웃었다. 그러면서 어르신일수록 마담이라는 표현에 고정관념 같은 편견이 있으신 듯하고 그럴 수 있다 생각되었다.

프랑스어로 마담(madame)은 어떤 분야나 집단에서 무엇을 대표할 만큼 전형적이거나 특징적인 사람을 칭한다. 예를 들면 이승엽 선수를 야구계의 얼굴마담이라 하고 어떤 연예프로에서는 여성패널을 마담이라고 칭하면서 그들의 분야중 최고라는 이미지를 부각

시킨다. 산골마담이라는 이름에도 산골이라는 전형적인 시골 이미지와 마담이라는 도시적이고 전문적인 세련된 호칭의 조합으로 젊고 아름다운, 무엇보다 진심을 향한 최고의 이미지를 담고 싶었다.

처음 산골마담이란 간판을 집 앞에 세울 때 커피 좀 타려나 하고 웃으며 작업했던 일이 기억난다. 이러면 어떻고 저러면 어떠하리. 이왕 마담이 되었으니 커피 탈 준비는 되어 있는데 대부분은 다 아시는 듯하다. 그분들도 이름 참 이상하게도 짓는다 생각할 수 있겠지만 시대의 흐름을 받아 들이는 계기가 되었으면 한다.

세상은 점점 변해가고 있으니까 말이다.

🌿 e~ 편한세상

단호박 출하를 시작하면서 생각한 것이 SNS를 활용한 판매였다. 블로그, 카카오스토리, 페이스북 등 다양한 접근방식이 많지만 그 중에서 농산물을 쇼핑·주문하는 경로로 유료 밴드를 선택했다. 회원수가 7천명이 넘으니 껌 사먹는다 셈 치고 일단 가입절차를 밟았다. 생각보다 어렵고 복잡해서 안 그래도 길 못 찾는 길치인데 하루종일 e~공간에서 헤매고 다닐 정도였다.

우여곡절 끝에 대박나라는 문자에 즐판하라는 격려 문자들이 쏟아지는데 정말 대박 나는 줄 알았다. 그런데 생각처럼 주문 문자는 들어오지 않았다. 조바심을 내는 찰나에 '주문하고 싶어요.'란 문자가 들어왔다.

e~시장에서는 팔도사람을 다 만나게 된다. 어제는 제주도에서 오신 분이 산골마담에게 호감과 격려를 보내고 주문을 함께해 주셔서 또 감사한 인연을 맺었다.

누구는 그런다. 산골에 살면서 갑갑하지 않냐고? 가끔 그런생각 안한다면 솔직하지 못한 대답일 것이다. 하지만 e~편한세상 중 시장을 산골에 입성시키고 나니 갑갑할 겨를이 없어졌다.

오히려 e~공간의 소통과 매미소리와 꽃향기는 내안에 가득한 e~편안한 세상이 되었다.

대한민국명품수기1000인회 공동저서 · 명품인생을 만나다

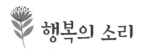 행복의 소리

타닥타닥 타닥타닥
장작 타는 소리
투 두둑 늦가을 빗소리

장작 화로에
비가 녹는다.

타닥타닥
마주 앉은 그대가 녹는다.

타닥타닥 타닥타닥
따뜻한 소리
안도의 소리
투 두둑 기다린 소리 고마운 소리

타닥타닥 타닥타닥
투 두둑 정겨운 소리가 좋다.
사랑가득 행복의 소리가 들린다.

제자리

더워지기 전에 청소를 하려고 일찍 서둘렀다. 호미는 호미대로 걸고낫은 낫대로, 선별가위는 가위대로 제자리에 정리했다. 일할 때 필수인 방석도 늘 마당에 널려 있어 그것도 제자리에 걸어두었다. 사방에 흩어진 흙 묻은 장갑도 모두 주워서 상자에 한꺼번에 세탁할 수 있게 모아 두었다.

그런데 청소하면서도 나의 신경을 끝까지 거슬리게 하며 화가 나게하고 급기야는 마귀할멈으로 변신하게 하고 마는 것이 있다. 그것은 바로 남편이 피우고 버린 담배꽁초다. 남편의 뻐끔 사랑은 비싼 대가를 치르면서도 식을 줄 모르고 오히려 더 치명적 유혹에 허덕이고 있다. 손에서 즐겁고 입에서 즐거웠으면 끝까지 책임을 져야 아무 문제 없을텐데 꼭 마누라 눈총을 찌푸리게 하고 잔소리 바가지를 퍼붓게 한다.

담배꽁초를 따라 가면 남편이 어디에 있는지 알 수 있을 정도니 속내 다 드러나는 남편 성격과 어쩜 그리 똑같은지…. 오늘도 한 움큼 주워 쓰레기 통에 넣으면서 "마누라를 그리 예뻐해 봐!"하고 한 번 더 벌처럼 쏘아붙였다.

요즘들어 남편의 가래기침이 줄담배를 피우는 아버지 기침소리와 비슷하다고 느껴진다. 금연 광고를 생각하면 섬뜩한 걱정을 아니 할 수 없는데 잔소리를 해야 옳은지 편하게 그냥 두는 것이 남편을 위하는 길인지 알쏭달쏭할 때가 있다. 그럼에도 불구하고 화가 나는 나의 진심은 바로 남편의 건강을 염려하기 때문이다. 정작 남편은 아는지 모르는지 바람처럼 사라지고 없다. 제발 이제는 건강을 돌볼 나이임을 스스로 깨달아 노력해 주었으면 한다. 첫째는 본인을 위해서이고 둘째는 남편으로서 아빠로서 건강했으면 하는 바람때문이다. 행복하려면 지키고 가꾸려는 노력이 필요하기에 조금만 현명한 결단을 했으면 좋겠다.

청소를 끝내고 잘 걸린 연장들을 보니 그럼에도 불구하고 내 옆자리 지키고 있는 남편에게 감사하게 된다. 나도 나의 자리에 충실하련다.

그게 인생이야

된서리가 내린 다음 날 자연은 모든 것에 순응하는 날이었다. 아직 단풍이 채 들지 않았던 녹색의 은행잎이 우수수 잎을 떨군 모습을 보았다.

어느 때부터 노랗게 물든 은행잎이 서서히 잎을 떨구었던 나무는 곧고 치밀해서 마치 단단한 갑옷을 입고 있는것 같았다. 반대로 갑자기 잎을 잃은 나무는 겉치레로 세상을 호령하던 자의 부끄러운 부정의 그림자처럼 초췌함으로 까칠해 보이기까지 한다. 이는 비단 최고 권력자를 조정하는 세상 소식 때문이었을까?

흐린 저녁머리에 서리가 앉은 한 노인이 가로수 밑에서 은행을 검은 봉지에 담고 있다. 떨어진 은행은 사람들 발밑에 깔려 터지고 뭉개져서 누군가는 코를 막으며 가고, 누군가는 재미로 밟아 터뜨리고, 누군가는 그것을 주워 담는다.

신발에 은행냄새가 배지 않도록 잘 피해 걷는 열여덟 아들에게 무심히 말했다. "아들! 저 할아버지 은행 주우신다." 아들녀석 또한 무심히 한번 보더니 "그게 인생이야."라고 말하며 장난스런 웃음을 짓는다. 어처구니없는 말에 헛웃음을 지었지만 쓸쓸함을 지울 수 없다.

인생이 뭔가? 사는게 뭔가? 자연은 때를 분명히 알기 때문에 순리나 섭리를 지켜낼 수 있다. 인생에도 분명 때가 있다. 사람사는 데 즐겁고 행복한 때만 있으랴.

함부로 장담하지 말고 때에 맞는 모습으로 성장하고 성숙할 수 있도록 노력하고 준비하여 자연스럽게 변화하는 인생을 그려야겠다.

누구든 최선을 다하면 빛을 발하고 성공의 주인공이 될 수 있다. 인생이 별거있냐고 말들 하지만 인생에는 분명 무엇인가가 담겨있다. 우리는 그 무엇인가를 찾기 위해 오늘도 끊임없이 노력하는 것이다.

🌿 성공인생과 실패인생

수확의 계절 가을이다. 농부에게 가을은 부지깽이도 뛴다고 할 만큼 바쁜 계절이다. 봄에 씨앗을 뿌리고 가을에 수확하는 것이 보통이지만 농사는 사계절 씨 뿌리기와 수확이 연이어 이루어지고 있다.

단기작물이나 장기작물은 모두 땅을 일구고 씨앗을 파종하는 것으로 시작한다. 파종이 농사의 첫걸음이라면 관리는 수확의 양과 질을 결정짓는 결과라 해도 과언이 아닐 만큼 중요하다.

작물은 농부의 발소리를 듣고 자란다. 매일 같이 이랑과 고랑을 다니며 하나하나 살피는 부지런한 손길이 필요하다. 잡초 뽑기는 기본이다.

농사는 시기가 있다. 시기에 있어 어느 하나라도 제때를 놓치면 성공적인 수확을 기대하는 것은 차라리 기적을 바라는 것이 나을 정도로 실패 확률이 높다.

흙은 거짓말을 하지 않는다고 한다. 이 말은 바로 농부의 고집스러운 부지런함을 두고 한 말일 것이다.

우리의 인생이 농사와 무엇이 다르겠는가? 나는 누구인가, 어떻게 살 것인가, 무엇을 하고 싶은가 등 인생을 잘 살기 위해 깊은 고민을 한다. 어떤 사람은 평생 고민만 하는 사람이 있는가 하면 어떤 사람은 계획성 있게 실천하고 노력하는 사람이 있다. 고민이 깊은 사람은 마음만 있으니 결과도 상상 속에만 있을 것이다. 실천하

대한민국명품감사1000일회 공동저서 · 명품감사를 꿈꾸다

는 사람은 원하는 씨를 뿌리고 가꾸니 좋은 결실을 기대할 수 있음이 당연하다.

　누구나 인생이란 큰 밭에 씨를 뿌렸지만, 수확에는 차이가 날 수밖에 없다. 풍요로운 결실을 얻기 바란다면 부지런히 움직이고 하나하나 살피는 노력이 필요하다. 농부의 발걸음 소리 같은 부지런함이 산을 옮기는 마법과 같은 결실을 보여 줄 것이다. 천재지변 같은 큰 변동이 없는 이상 부지런함과 노력만큼 무서운 경쟁 상대는 없다.

　알찬 알곡들로 가득한 성공인생을 살고 싶은가, 아니면 게으르고 나태한 쭉정이 같은 실패인생을 살고 싶은가는 자신의 생각과 노력에 달려있다. 풍요로운 이 가을 풍성하고 윤기 나는 인생을 만들어 가고 싶다.

열정이 성공을 만든다

열정이 있는 사람은 우선 눈빛이 살아있다. 눈이 맑고 눈에 힘이 들어가 있다. 열정이 넘치는 사람은 일을 시켜서 하는 사람이 아니라 일을 찾고 만들어서 하는 사람이다.

누구나 성공하길 바라고 성공적인 삶을 추구한다. 성공은 뜻을 세우고 뜻을 이루는 것이다. 뜻을 이루기 위해선 무엇보다 마음을 몸으로 담아내는 열정의 불꽃을 꺼트리지 않는 습관이 필요하다.

꿈은 누구나 꿀 수 있지만, 그것을 이루는 것에는 부단한 자기 노력, 즉 어떻게 하면 열정을 지속해서 유지하느냐일 것이다.

열정이 식으면 성공이 시들해질 수밖에 없다. 성공하고 싶다면 열정의 에너지가 몸으로 표출되도록 해야 한다.

열정은 가슴에 있는 소망이나 간절함을 담아내는 뜨거운 몸짓이다. 열정이 마음에서 몸으로 통한다면 자신이 세운 뜻은 더 빨리 이룰 것이다.

성공하고 싶다면 몸과 마음을 뜨거운 열정으로 불태워라. 그러면 그 열정이 당신을 성공으로 이끌 것이다.

대한민국명강사1000인회 공동저서 · 명품강사를 만나다

🌸 소원을 말해 봐!

소원하면 어릴 적 동화책에서 읽은 알라딘과 요술 램프가 생각난다. 어느날 알라딘은 소원을 들어주는 지니가 나오는 램프를 발견한다. 그 사실을 알게 된 사악한 마법사가 램프를 빼앗으려고 하지만 알라딘은 지혜와 램프의 힘을 발휘해 사악한 마법사를 물리친다는 내용이다.

우리에게 램프는 없지만 다양한 곳에서 소원을 기원한다. 물 한 그릇에도 두 손 모으는 엄마의 기도와 정성도 있었다.

우리는 많은 소원을 여전히 갈구하고 있다. 우리에겐 소원을 이루어주는 지니도 없고 무엇하나 공짜로 얻을 수 없는 냉엄한 현실에 살고 있다.

뜻하는 곳에 길이 있고 말하는 대로 이루어진다는 믿음으로 피그말리온처럼 아테네의 여신이 나타나길 기대해 본다. 우리에게 소원은 삶을 건강하고 윤택하게 하는 성장과 성숙의 기도인 것이다.

자기 자신에게 소원을 말해보자. 마음 속 깊은 곳으로 전달되어 소원을 이루게 할 것이다.

가장 나다운 나

심리학에서는 마음의 감기를 우울이라 하고 그 증상을 우울증이라 한다. 결혼과 산골생활 어느 것 하나도 생각처럼 되지 않았던 나는 깊은 늪으로 빠져들게 되었다. 증상이 심해 대인기피증과 환청까지 경험한 적이 있다. 삶이 무미건조했으며 눈에 보이는 것도, 귀에 들어오는 것 없이 하루하루 시체놀이를 하고 있을 때였다. 누군가 나에게

"애기 엄마답지 않아!"

"○○ 엄마 강한 사람이잖아!" 하며 안타까워 했다.

결혼 전 친구는 또 이런 말을 했다. 강원도 최전방 산골로 시집가서 농사짓고 살겠다는 나의 결혼선언에 부모님은 물론 지인들 반응이 한결같았다. 말리거나 의외라며 놀라워하곤 했는데 내 친구는 "너답다!"라고 했다.

그랬다. 나다운 것을 잃어버린 나는 나다운 것이 어떤 것일까를 생각하게 되었다. 그 후에 난 마음의 전쟁을 선포했다. 계기가 어떻게 되었든 경직되고 위축되어 불안했던 마음을 깨기로 했다. 예전에 가지고 있었던 능동적이고 진취적이며 자신감 넘치던 나를 꺼내기 위해 싸움을 시작했던 것이다.

갈등과 위기가 수없이 많았다. 많은 눈물과 한숨이 멍울멍울 흔적으로 남아있다. 누구나 우울증과 같은 감기 병은 수시로 찾아온다. 깊이는 다를 수 있지만 나는 전쟁과 같은 고통과 결심을 통해 극복하고 이젠 꿈을 꾸는 동기부여로 삼고 있다.

대한민국공동시1000인의 공동저서 · 명품강사를 만나다

내가 나답지 못할 때만큼 불행한 적은 없는 것 같다. 그렇다면 '나' 다운 것이란 어떤 것일까? 누군가 나에게 '너 누구니?'라고 질문한다면 이름 석 자와 또 무엇을 이야기할 수 있을까?

누군가가 아니더라도 자신에게 '너 누구니?'라고 질문을 한다면 나는 어떻게 대답할 것인가 생각해 보게 된다.

나는 이렇게 말하려 한다. 나는 꿈을 꾸는 심장이 살아있다는 것과 그 꿈을 향해 하루하루 도전하는 내가 가장 나를 나답게 하는 것 같다. 나에게 꿈은 나에 대한 가치이기 때문이다. 나에게 꿈은 위치가 아니라 과정으로 다가가는 가치에 있다. 그래서 나는 오늘도 가장 나답게 꿈을 꾸고 있다.

민들레 홀씨되어

빗살무늬로 내리는 비를 가만히 지켜보고 있다.
침묵과 고요만이 온전히 빗소리를 따라가게 한다.

가장 아름다울 때 떠난 꽃잎은 작은 생명 씨앗을 품었고
떠날 때를 숙명처럼 아는 민들레 홀씨도 떠날 채비를 마쳤다.

오늘같이 비내리는 날엔 비가 데려다주는 곳으로
바람이 불면 바람이 이끄는 대로 말없이 따라가고 싶다.

라일락 향기같은 인연이 추억으로 자리할 즈음에는
자울자울 손 흔드는 늙은 어미가 되어있을 것이다.

대한민국은퇴강사1000인회 공동저서 · 명품강사를 만나다

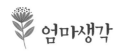
엄마생각

  국수생각이 났다. 어릴 적 엄마는 밥맛이나 입맛이 없으시면 손수 반죽하는 수고를 마다않고 늦은 저녁을 준비하곤 했다.

  홍두깨를 쓱쓱 밀고 당기기를 여러 번. 종일 마늘밭에 쪼그리고 앉아 힘드셔서 대충 한 숟갈 뜨고 일찍 잠자리에 드는 것이 더 좋을 텐데…. 그때는 몰랐다. 엄마의 그 후루룩후루룩 소리가 당신의 헛헛함을 달래는 선물 같은 것이었음을.

  엄마가 보고 싶다. 국수가 먹고 싶다. 직접 만드는 국수는 아니지만, 멸치 무 다시마 양파 넣고 국물을 우렸다. 엄마가 농사지어 깨끗이 씻어 말려 챙겨 주신 참깨를 볶아 양념장을 만들었다. 넓은 양푼에 한가득 넉넉히 담고 참기름 한 방울. 그러고 보니 이 참기름도 겨울에 엄마가

  "너만 두 병 주는 거야."하며 챙겨주신 거다.

  고소한 냄새를 맡으며 국물 먼저 후루룩 삼켜보았다. 나도 모르게 긴 숨이 후유하고 뿜어져 나온다.

  속이 시원했다. 후루룩 부드러운 국수는 그렇게 후루룩 넘어간다. 밥맛이 없었는데 먹고 더 먹었다. 알수 없는 눈물이 흐른다. 콧물도 나온다. 코를 팽 풀었더니 흙먼지가 가득 씻겨 나온다. "엄마 걱정 마요. 잘살거니까!"

  오늘은 엄마가 더욱 그립다.

시월 그대는

가장 고독하게
가장 화려하며
가장 아름다운
가장 치명적인유혹
그대는 시월입니다.

하늘만 허락한 애틋한 그리움으로
몸살을 앓았습니다.
내내 그립고 내내 아팠습니다.

왜냐하면 그대는
늘 떠날 준비를 하고 있으니까요.

매일 새로운 모습
다정한 속삭임
마지막 같은 설렘으로
하루하루가 아까웠습니다.

이제 그대는 떠나갑니다.
바람이 그대를 기다리고 있습니다.

대한민국명품강사1000인회 공동저서 · 명품강사들 붓꾸다

나는 압니다.

그대를 붙잡지 못한다는 것을요.

왜냐하면 그대는 늘 떠날 준비를 하고 있으니까요.

그대는 시월입니다.

오늘은 바로 시월의 마지막 날입니다.

긍정적인 엄마의 힘

소중한 자신감

인생은 소풍

간절하게 꿈꾸는 사람

늘 처음처럼

이 또한 지나가리라

우리가 함께 꿈꾸면 그 꿈이
세상을 바꿀 수 있습니다

—

황 현 정

부산교육대학교 초등상담교육학 석사
부산 주례초등학교 교사

나는 아이들을 사랑하고 열정적으로 가르치고 싶은 대한민국의 교사이며,
한 가정을 멋지게 꾸려 나가고픈 평범한 사십대 여성이다.
그러나 욕심만큼 좋은 교사도 좋은 아내도 좋은 엄마도 아니다.
그래도 부족한 나를 믿어 주고 지지해주며 첫 공동저서 발간을
적극 응원해 준 남편과 두 딸들, 그리고 콩깍지 제자들에게 고마움을 전하고 싶다.
이번 글은 주로 내가 활동하고 있는 교육 현장 중심의 글이다.
이 책에는 내가 사랑하는 제자들과 그들에 대한 고민을 함께하는 학부모님들,
그리고, 나와 삶을 함께 하고 있는 귀한 두 딸들에게 하고픈 말들을 주로 실었다.
그리고 더불어 아직은 실천하지 못하고 있지만 외롭고 소외된 이웃에게
그늘이 되어주고픈 바람에서 그들을 향한 글도 실어 보았다.
아주 작고 미약한 시작이지만 이 작은 희망의 첫 걸음으로 나와 동시대를
함께하는 이웃이 행복을 향해 나아가는 길을 만들어 가길 기대해 본다.

감사한 인연

　나에게는 30년 이상 세월의 삶을 함께 공유해 온 친구가 있다. 가까운 곳에 있지 않아도 매일 서로의 일상을 공유해 왔다. 어린 시절에는 사흘만 통화를 하지 않으면 오래 이야기를 나누지 못했다고 서로 야단법석이었다. 오랜 세월을 함께 하다 보니 우리는 서로의 가까운 친척, 지인들까지도 너무나 잘 알고 있다. 긴 설명 없이도 서로의 생각과 마음을 잘 알고 소통이 잘 된다. 우리는 각자 삶의 목표나 철학, 생각과 성격이 모두 달라서 갈등과 오해의 시간도 있었다. 그런 시기에 우리는 삶의 고비와 아픔을 맞이하며 함께 분노하거나 연민하면서 함께 고민했다. 그렇게 시간의 흐름 속에 서로를 신뢰하며 힘들 때는 연민의 정을 느끼는 자매와 같은 사이가 되었다.

　첫째 딸로 인해 인연이 된 언니가 여행을 함께 하며 나에게 한 말이 마음에 와 닿았다. "여행을 함께해 줘서 고맙다. 젊을 때는 이런 만남이 당연하다고 생각했는데 나이가 들어가니 젊은 사람들이 놀아 주는 것이 참 고맙더라."

　나도 내 곁에 있는 많은 인연들을 너무 당연하게 생각해 왔던 것 같다는 생각이 들었다. 불혹의 나이를 넘어서는 이 시기가 되니 내게 좋은 인연들이 있다는 것이 얼마나 행복한 일인가 생각하며 감사하게 된다. 이 가을에 좋은 인연으로 만나게 된 여러 사람들에게 감사하다는 인사를 전하고 싶다.

소중한 자신감

요즘 많은 여중고생들이 화장을 한다. 대중에게 사랑을 받는 드라마, 만화 등의 여주인공은 대부분 외모부터가 너무 예쁘고, 두뇌가 출중하며, 능력이 엄청 뛰어나다. 성격까지 어찌나 쿨하고 멋있는지 자존감이 약한 소녀들이 현실로 돌아와 자신을 볼 때 초라해질 정도이다. 그래서 많은 여중고생들이 화장을 하고 심지어 성형까지 한다.

물질 만능주의 시대에 '돈이면 모든 것을 다 할 수 있다.'는 착각에 빠져 사는 어리석은 사람들이 많다. '가식'이 아닌 '진정성 있는 사랑과 존경'은 돈만으로는 절대 얻을 수 없다. '가식 같은 사랑'을 많은 사람에게 받는다 해도 외롭고 공허하다.

세상에는 '나'보다 잘 생긴 사람, 똑똑하고 능력 있는 사람은 넘쳐난다. 내가 없다 해도 나를 대신할 사람은 많다. 하지만 '나'와 같은 모습에 '나'와 같은 영혼을 담은, 나만의 매력을 갖춘 사람은 오직 한 사람밖에 없다. 내가 멋진 말을 해서도 아니고, 성인군자 같은 인품이어서도 아니다. 다소 부족하고 때론 어눌한 모습으로 보인다 해도 그 모습 그대로 충분히 아름답고 매력적이다. 진정한 자신감은 최고도 최선도 아닌 하나밖에 없는 진솔한 '나'의 모습 자체로 '나'를 사랑하는 것에서부터 시작된다.

여백의 미

　빈틈없이 빽빽한 그림은 답답하다. 여백은 전하고자 하는 내용을 돋보이게 한다. 삶에서 여유란 그림에서의 여백과 같다. 무언가를 계속 하지 않으면 불안해하는 현대인들이 많다. 해야 할 일이 없을 때는 즐거워야 한다는 강박감에 시달려 텔레비전을 시청하거나 핸드폰 게임이라도 한다. 쉴 틈 없이 무언가를 위해 바쁘게 일하는 것, 모든 일에서 벗어나 자신의 영혼에게 여유를 허락하는 시간은 참으로 중요하다. 여유 없이 바쁘게만 살아간다면 다람쥐 쳇바퀴 돌 듯 기존의 삶이 반복된다. 만나는 사람이 바뀌어도 비슷한 관계 패턴들이 반복되고, 비슷한 문제들이 반복된다. 바쁠수록 일상과 관계들을 잠시 떠나 오로지 자신에게만 몰입하는 '여유'가 필요하다. 그래야 반복된 자신의 실수로 인한 고리를 끊고 새로운 문이 열리게 된다.

　현대인은 가진 것이 너무 많아서 힘들다. 청소를 할 때 욕심을 버리고 불필요한 것들을 먼저 버리고 정리해야 하듯 여유를 가지고 삶을 비우고 정리하는 여유 있는 시간이 필요하다. 창조적인 에너지는 이러한 여유와 그 시간을 통해 자신에게 몰입하여 자신과 그 환경을 통찰할 때 생겨난다.

　글을 쓰는 것은 이러한 삶의 여백에서 가능하다. '마음의 여유'라는 여백을 통해 통찰된 생각과 표현이 더 큰 울림이 되어 누군가에게 전달될 것이다. 하루 중 몇 시간이라도 현재의 삶을 잠시 떠나거나 높은 프레임에서 내 삶을 바라보는 여유를 가져 보고 싶다.

대한민국명품강사1000인회 공동저서 명품강사를 만나다

나만의 '블루오션(blue ocean)'을 찾아서

우리는 치열한 경쟁 사회 속에 살고 있다. Trina Paulus의 『꽃들에게 희망을』이라는 유명한 동화가 있다. 이 책에 나오는 많은 애벌레들은 그 끝에 무엇이 있는지도 모른 채 서로 다른 애벌레들을 밟고 꼭대기로 기어 올라가기에 급급하다. 막상 꼭대기에 올라가면 아무것도 없다. 하지만 이들은 막연하게 꼭대기에 훌륭하고 좋은 것이 있을 거라 생각하며 서로 밟고 밟히는 상태로 기둥을 이루며 올라간다. 이들 중 주인공인 노랑 애벌레는 고치가 되어야 나비가 될 수 있다는 것을 깨닫게 된다. 나비가 되면 새로운 삶으로 탄생할 수 있다는 것과 높은 곳 위에 무엇이 있는지도 알 수 있게 된다.

무엇이 되어야 할지 분명한 목표가 없는 사람들은 많은 사람들이 선호하는 것이 훌륭한 것이라 믿고, 치열한 경쟁 속에 수단과 방법을 가리지 않고 높이 오르려 한다. 사람은 누구나 자신만의 강점이 있다. 그 가치를 현실적인 필요에 맞게 다듬어 새로운 시장을 새로 개척함으로써 강력한 경쟁력을 키울 수 있다. 많은 사람들이 차지하려고 노력하는 것이 훌륭하고 가치 있는 것이라 믿는 치열한 경쟁 속에서 서로 경쟁하며 살아가던 삶을 잠시 멈추고 생각해 보자.

내가 원하는 것이 무엇인지, 자신만의 강점은 무엇인지를 찾아보자. 진정한 'my way(자신의 길)'로 나아가며 자신의 진정한 자아실현을 위해 노력하는 것이 진정한 'blue ocean(블루오션)'을 발견하는 길이 될 것이다.

긍정적인 엄마의 힘

이 세상의 많은 엄마들은 참 대단하다. 열정적인 엄마들은 태교부터 다양한 육아 서적을 읽으며 육아에 전념한다. 어린 아이에게 있어서 '엄마'라는 존재는 엄청난 영향을 미치는 환경이다. 아이의 심리와 마음 상태를 고려하여 어릴 때부터 지식을 잘 배울 수 있도록 가르치면 똑똑한 아이가 된다는 것을 믿고, 많은 엄마들은 기꺼이 자신의 삶을 희생한다. 그러나 많은 육아 서적을 읽고 희생적인 노력을 해나가는 엄마일수록 자신의 한계를 많이 느끼게 된다고 한다.

성공한 사람으로 키우고 싶다는 부모의 마음을 반영하여 많은 육아 서적들은 '머리가 똑똑한 아이'로 키우는 방법을 강조한다. 물론, 지적으로 똑똑하면 사회적 위상을 통해 경제적인 문제 해결은 가능하다. 그러나 한 사람의 사회적 위치나 가진 소유보다 그 사람이 그 위치에서 얼마나 행복한가라는 '삶의 질'에 관한 문제는 간과되고 있다.

둘째 아이가 다섯 살 때 이러한 육아에 회의를 느끼며 좀 더 넓은 안목으로 육아를 해보고 싶다는 생각을 하던 중 캐롤래드의 '긍정적인 엄마의 파워'라는 책을 읽게 되었다. 그 중 아이의 정신적 장점, 육체적 장점, 사회적 장점 등을 구체적으로 적어서 잘 보이는 곳에 붙여서 아이도 볼 수 있도록 하는 방법을 실천해 보았다. 처음 시작하며 아직 다섯 살 어린 아이에게 글로 적을 만큼 구체적인 장점이 있을까 생각했었는데, 관찰한 것을 적다 보니 한 바닥이상 적을 수 있었다. 아이가 그것을 보고 이렇게 말했다. "엄마, 내가 이렇게 멋진 아이야?" 참 놀라운 질문이었다. 더 놀라운 것은 글로 쓰인 칭찬을 보고 그렇게 되기 위해 더 노력해 나간다는 것과 또 다른 새로운 장점을 스스로 발견해서 글로 써서 붙여 달라고 하는 것이었다.

지적 발달에 대한 노력보다 더 중요한 것은 바로 '자존감'을 키우는 것이다. '얼마나 똑똑한 아이로 키울 것인가?'보다 '자신을 진심으로 사랑하며, 어떤 방법과 모습으로 당당하고 진정성 있게 삶을 살아가도록 키울 것인가?'라는 문제를 고민해야 한다. 자존감이 있는 사람은 그의 잠재력을 최대한 발휘하여 그 삶을 아름답게 가꿔 갈 수 있다. 또한 실패 속에도 좌절하지 않고 배우며 진정한 자아실현을 이룰 수 있다.

엄마의 육아 철학은 앞으로 우리 사회의 미래를 좌우한다. 남보다 잘난 아이로 키우기보다 남과 함께 더불어 살며 그가 가는 곳을 살맛나게 하는 진정한 자존감 있는 아이로 키웠으면 한다. 이러한 엄마들의 건설적인 육아 철학이 우리 아이들이 살아갈 미래 사회의 희망이 될 것이다.

인생은 소풍

　누구나 어린 시절을 되돌아보면 소풍 가기 전 설렘으로 잠을 이루지 못했던 기억이 있다. 잠깐의 소풍은 그만큼 신나는 일이었다. 특히 첫 소풍은 무슨 일이 있을지 모르기에 더욱 설렘으로 맞이했다.

　빡빡한 일상 속에 소풍이 없다면 무슨 재미가 있을까? 일상의 일과 걱정을 잠시 잊고, 자연과 만나고 좋아하는 사람들과 즐거운 시간을 보낼 수 있는 소풍은 누구에게나 자유로움을 안겨 준다.

　그렇다면 매일의 일상을 소풍처럼 만들 수는 없을까? 김달국 님의 『인생은 소풍처럼』이라는 책에서는 인생을 타인과 관계를 맺으며 자신만의 방법으로 행복을 찾아가는 긴 소풍이라고 표현하고 있다. 이 책에서는 지금 이 순간을 소풍처럼 행복하게 만들어 갈 수 있는 그러한 지혜들이 소개되어 있다.

　무난하고 평안한 삶을 살아왔던 인성 좋은 가까운 지인의 아이가 '자폐스펙트럼'이라는 진단을 받고 몇 개월을 힘들어했다. 그리고 어느 날 이런 말을 했다.
　"너무 멀리 생각하지 않고, 이 아이와 우리가 잠시 소풍을 나온 것이라 생각하니 마음이 편해. 인생이 그리 길지 않잖아."
　그렇다. 힘든 일을 극복한 해탈한 이의 답이었다.

소풍을 나올 때는 평생을 살 것처럼 모든 것을 다 갖추지 않는다. 앞으로 다가올 걱정도 잠시 잊는다. 그래야 즐거운 피크닉 시간을 마음껏 즐길 수 있다.

시인 천상병 님의 '귀천'이라는 시에서는 인생을 '소풍'으로 비유하고 있다. 이 분은 한평생을 참 힘들게 사셨다고 한다. 그러나 그가 겪은 일에 비해 인생에 대한 그의 결론은 참 긍정적이다.

나 하늘로 돌아가리라.
아름다운 이 세상 소풍 끝내는 날,
가서, 아름다웠더라고 말하리라.

영광의 시간도 고통의 시간도 모두 한때이다. 영광의 날 한평생을 살 것처럼 교만하지도 말고, 고통의 날 살아가는 희망이 모두 사라진 것처럼 절망하지 않는 지혜는 바로 인생을 '소풍'으로 생각하고 삶을 마감하는 날도 생각하며 겸손하고 아름답게 살아가는 것이다.

🌿 화양연화(花樣年華)

한 친구의 카톡 프로필 글에서 '화양연화(花樣年華)'라는 문구가 눈에 띄었다. 화양연화는 꽃과 같이 아름다운 한때를 말한다.

'친구가 지금 가장 아름다운 한때를 살고 있구나.' 하는 생각을 하며 흐뭇했다. 그리고 '나도 요즘 해보고 싶었던 글쓰기와 강의법을 배우며 생에서 아름다운 한때를 살고 있다.'는 행복감이 밀려왔다.

나는 사십대 중반의 직장 여성이다. 사십대가 무슨 가장 아름다운 때냐고 묻는 이도 있을 것이다. 나는 많은 대한민국의 여성들처럼 학업의 무게로 힘들었던 십대, 철없이 즐거움과 행복의 그림자를 찾아 방황했던 이십대, 주어진 많은 사회적 역할을 해내며 진정한 어른이 되느라 마음이 무거웠던 삼십대를 보냈다. 되돌아보면 그 시절도 아름다웠다.

대학 조교실에서 근로 학생으로 아르바이트를 할 때였다. 삼십대 조교 선생님의 삶이 너무 권태로워 보여서 나는 "선생님께서는 어떤 삶의 목표를 가지고 사시나요?"라는 질문을 한 적이 있다.

그랬더니 조교 선생님은 "난 평범해지기 위해 열심히 노력해 왔어. 대한민국에서 평범해지기 위해서는 제때 대학을 들어가야 해. 그래서 학창시절 밤새워 공부를 해서 대학을 갔지. 대학 졸업 후 더 좋은 직장을 얻기 위해 석사과정도 공부해야 했지. 평범해지려면 제

대한민국역동가사1000인회 공동저서 · 역동가사旅 포부니

때 결혼하고 아이를 낳아야 하고, 돈을 모아 자가용과 집도 사야 하지. 이렇게 평범한 삶이 그리 쉬운 건 아니더구나."

옳은 말씀이었다. 대한민국에서는 평범한 삶이 그리 쉽지 않았다.

나는 고교 시절 스피치 시간에 후회 없는 삶을 살고 싶다는 말을 선언했다. 그리고 그렇게 살기 위해 노력해 왔다. 좋은 인연들을 만나 행복했던 날도 많았다. 하지만 아직도 후회는 남아 있다. 그 중 가장 후회되는 것은 행복했던 그 날들을 진심으로 감사하지 못했던 것이다. 그 날 그 순간의 행복을 충분히 즐기지 못했던 것, 그 때의 내 감정에 더 진실하지 못했던 것, 내 삶을 좀 더 진정성 있게 대하지 못했던 것도 후회가 된다.

대학 신입생 때 선배들께 가장 많이 들었던 말은 '대학생활 동안 천 권의 책을 읽고, 천 명의 사람을 만나고 천 잔의 술을 마시라.'는 말이다. 그 조언을 따라 많은 책을 읽고 많은 좋은 인연들을 만났다. 나도 아끼는 후배와 제자들에게 이러한 말을 들려줄 것이다. 그리고 덧붙여

"지금 이 순간이 생에서 가장 아름다운 한때임을 깨닫고, 자신감 있게 다른 사람과 세상을 향해 마음의 문을 활짝 열어라."라는 조언을 해주고 싶다.

'지금, 여기'에 충실하며 지금 이 순간이 바로 가장 아름다운 한때가 되도록 후회 없이 노력하자.

🌿 늘 처음처럼

대부분의 직장인들과 학생들은 주말이 끝나고 나면 일상으로 돌아가는 월요일 아침을 힘들어 한다. 월요일 아침이면 출근길 차들도 막힌다. 평범한 일상은 축복이지만, 마음 준비가 되지 않은 채 의무로 시작하는 일상은 누구에게나 힘들다. 힘든 일을 시작하기 전에는 마음 준비와 워밍업이 필요하다.

지난 시절에 간절하게 바라고 꿈꾸던 오늘의 삶을 살 수 있게 된 '성공한 사람'도 현실이 늘 행복하지만은 않다. 바라던 소원을 이루고, 원하는 것을 모두 얻게 되어도 그것이 일상이 되고, 신선함을 잃어버리면 곧 매너리즘에 빠지게 된다.

멋진 비전과 포부, 시작의 기대와 설렘, 신선함으로 시작되었던 일들도 늘 한결같은 마음으로 해나가기가 어렵다. 스스로 끊임없이 새로운 동기를 부여해 나가야 처음처럼 한결같이 일을 추진해 나갈 수 있다.

큰 대회를 준비하는 선수나 장기간의 큰 시험을 앞둔 수험생들에게 가장 무서운 것은 슬럼프다. 치열한 경쟁으로 인한 스트레스, 실패에 대한 불안, 선택하지 않은 다른 일에 대한 기회비용으로 인한 상실감, 목표가 흔들리거나 쉬운 길로 타협하고 싶은 마음 등이 끊임없이 일어날 때 우리는 의무감으로 버텨낸다. 그러다 보면 어느새 타성에 젖은 채 살아가고 있다.

남들이 모두 부러워하는 위치에 있는 사람이라 할지라도 다람쥐 쳇바퀴처럼 돌아가는 일상을 무의미하게 살아간다면 그 일상은 피곤하다. 이렇게 매너리즘에 빠진 자신을 너무 자책하지 말고, 지친 자신의 몸과 마음을 그대로 내버려 두지도 말자.

"열심히 일한 당신 떠나라."

이들에게는 휴식이 필요하다. 자신을 돌아볼 여유와 타인의 마음도 공감할 여유는 절대적 시간 부족의 문제만은 아니다.

피로가 느껴지는 현실에서 잠시 떠나 보자. 진정한 나의 존재 가치를 깨달을 수 있도록 '우월감'과 '열등감'의 양면을 함께 느끼던 현실에서 잠시 떠나 보자. 더 높은 곳, 더 먼 곳에서 현실과 분리해서 나를 바라보자. 타인의 위로보다 진정성 있는 자신의 위로와 격려, 칭찬이 더 필요하다.

"괜찮아, 넌 그 자체로 충분히 멋져."

"잘하고 있어. 앞으로도 잘할 거야."

이렇게 말하자. 그리고 다시 자신의 삶에 새로움을 만들어 가자.

정호승 님의 『내 인생에 힘이 되어 준 한마디』라는 책에 나오는 "오늘 내가 헛되이 보낸 하루는 어제 죽은 이가 그토록 살고 싶어 했던 내일이다."라는 말을 생각하며 휴식 후 다시 감사하며 일상을 맞이한다.

'늘 처음처럼' 신선함과 독창성을 가지고 살아갈 수 있도록 '오늘'을 살아가는 나 자신과 함께하는 모두를 응원하자.

🌿 참스승과 진정한 제자

아이들의 일기 검사를 하며 난 아이들의 삶과 만난다. 생각하고 감동하며 성장하는 모습을 보며 나는 기특한 그들을 응원한다. 그들의 성장이 내게는 가슴 뭉클하다. 이런 흐뭇한 마음이 든 순간 나는 문득 우리를 인자하신 눈으로 흐뭇하게 바라보시던 한 분의 눈빛이 떠올랐다.

그분은 바로 나의 첫 멘토인 고등학교 국어 선생님이다. 그분은 나뿐만 아니라 많은 소녀들의 멘토였다. 나는 열정적으로 존경을 표하는 소녀가 아니었다. 그래서 그는 나를 기억하지 못할지도 모른다.

그분은 누구에게나 공평하게 따뜻한 눈빛을 주셨다. 사회적 정의가 모호했던 시기에도 인간으로서 아름다운 삶이 무엇인지 삶과 행동, 그리고 글과 노래로 보여 주셨고, 입시 경쟁으로 강퍅해지기 쉬운 고교시절을 촉촉한 추억으로 물들여 주셨다.

그 선생님께서는 벚꽃이 만발했던 날에 꽃을 한 움큼씩 들고 와서 던져 보도록 하셨다. 그렇게 서로의 머리 위에 눈처럼 흩뿌려진 꽃잎은 눈물겹게 아름다웠다. 그 순간 언젠가 내가 교사가 되어서도 아이들에게 이런 아름다움을 선사해 주고 싶다는 결심을 하게 되었다.

그 해 마지막 국어 수업 시간 우리는 그것이 선생님의 마지막 교직 생활이라는 것을 알고 모두 소리 없이 울었다. 선생님께서는 마지막으로 우리에게 직접 작곡하신 곡을 들려주셨다. "내 눈을 당신께 바칠 수 있음을 기뻐합니다."라는 눈을 기증하신 분의 생각과 마음을

대한민국강연강사1000인회 공동저서 · 명품강사를 만나다

표현한 곡과 우리가 살아 있는 작은 예수라는 내용의 곡이다.

　그분의 생각은 높은 곳에 있었다. 마치 세상 사람이 아닌 것처럼 맑고 순결하셨다. 그분이 교직을 떠나시고 우리는 남은 2년의 고교 생활 속에 그분이 들려주신 이 노래를 점심시간마다 들었다. 수학여행을 가서 레크리에이션 진행자가 단합을 위한 노래를 불러 보자고 할 때도 우리는 다함께 그 선생님께서 가르쳐 주신 노래를 불렀다.

　한 분의 고결한 삶 그 자체가 이처럼 천 명 이상의 사람에게 맑고 아름다운 마음의 울림이 되어 또 다른 아름다운 향기로 퍼질 수 있다는 것은 참으로 귀한 일이다. 그분의 삶에 감동되어 선한 영향력을 받은 많은 제자들은 그와 같은 삶으로 또 다른 이들을 감동시킬 것이다.

　그가 나를 기억하지 못하더라도 깊은 감동으로 인해 그의 삶의 향기는 내 생각과 삶에 깊이 남아 있다. 그는 나의 참스승이셨고, 내가 그의 고귀한 생각을 쫓아 내가 가는 곳에 그가 남긴 잔잔한 향기를 남긴다면 나는 그의 진정한 제자인 것이다.

🌾 간절하게 꿈꾸는 사람

'검정고무신'이라는 만화를 아이들과 함께 시청하면서 가진 것이 없을 때의 소박한 소망들을 요즘 아이들이 공감할 수 있을까라는 의문이 들었다. 상황은 달랐지만 아이들은 그 시절 속으로 들어가서 함께 공감했다.

어린 시절 나만의 방, 피아노, 멋진 책상 등을 갖고 싶어서 기도했던 적이 있다. 그것을 가지면 정말 행복할 것 같았는데 막상 갖고 나니 점차 첫 감동을 잊고 원래 있었던 것처럼 감동이 무뎌져 갔다. 가끔 갖고 싶은 소망이 가득한 그 시절이 그리워지기도 한다. 이루어야 할 간절한 꿈과 소망이 있다는 것은 행복한 일이다. 유행을 쫓거나 실리를 앞세우다 보면 간절하던 자신의 꿈과 소망이 현실과 타협하게 된다. 그러다 보면 간절했던 꿈과 소망의 빛이 바래져 가고 자신이 진정 원했던 것을 잊게 된다. 현재 자신에게 다소 과분하다고 느껴지는 그 꿈과 소망을 시간과 현실에 타협하지 말고 이룰 수 있도록 추진해 나가자.

시간과 정신력의 문제일 뿐 포기하지 않는다면 간절한 꿈과 소망은 반드시 이룰 수 있다. 이는 꿈을 이룬 모든 이들이 알고 있는 사실이다. 간절한 꿈을 꾸는 사람은 현실을 충실하게 살아가며, 그의 정체성이 그가 바라는 위상에 있으므로 현실의 불리한 환경에 비굴해지지 않는다. 오늘 당신의 간절한 꿈이 준비해 둔 내일에 멋진 현실이 되기를 바란다.

설렘

　고등학교 2학년 때 신규로 들어오신 여자 선생님께서는 아침에 머리를 감으며 가슴 뛰는 설렘을 느낀다는 말씀을 하시며 환하게 웃으셨다. 그분은 늘 즐거운 국어 수업을 위해 많은 준비를 하셨고, 우리를 가르치는 일에 보람을 느끼고 있었던 것 같다. 그분의 설렘은 나에게도 전달되어 매번 그 수업이 기다려졌다.

　설렘은 삶의 활력소이다. 설렘을 가지고 있는 사람에게는 생기와 활력이 있다. 그들이 가진 에너지는 다른 이들에게도 고스란히 전달된다. 오랜 세월을 살아온 연륜이 있는 사람들의 경험과 노하우는 매우 중요하다. 특히 여유로움은 더욱 그렇다. 젊은이의 매력은 가슴 속에 품고 있지만 아직은 이루지 못한 희망에 대한 설렘으로 인한 생기와 열정적 에너지 그리고 활력이다. 오랜 세월 속에 설렘을 적절히 유지하며 살아가는 사람은 자신의 삶에서 만족과 보람을 느낄 수 있다. 또한 꿈을 갈망하는 사람들, 동기가 부족해서 삶의 권태로움을 느끼는 사람들의 마음까지도 움직일 수 있다.

　'오늘은'이라고 쓰고서 나는 잠깐 생각한다. 어떤 하루였나 하고, 점수를 주면 몇 점일까.

　어릴 적 만화 속 주제가 가사 내용이 머릿속에 떠오른다. 늘 씨를 뿌리고 물을 주고, 식물을 가꾸어 가며 결실을 기다리듯 익숙해진 하루를 새롭게 돌아보며 반성하고 가꾸어 가는 마음속의 설렘을 유지하는 지혜가 필요한 것 같다.

가끔은 나를 위한 선물이 필요하다

내일은 기다려왔던 콘서트 날이다. 어제 저녁부터 친구들과 전화로 내일 스케줄을 의논했다. 아침부터 내일을 생각하니 설렌다. 이런 즐거운 마음으로 출근을 하며 오가는 사람들을 먼저 웃음으로 맞아 준다. 피로함이 묻어난 무뚝뚝한 얼굴로 출근하던 사람들도 금세 웃음으로 답해 주었다.

홀가분한 마음으로 이문세 노래를 듣고 있다. 무뎌졌던 내 감성이 열리는 느낌이 든다. 노래 가사와 멜로디 하나하나가 나에게 속삭이는 듯 감미롭다. 음악은 말로 다 표현할 수 없는 감성의 소통이다. 참 행복한 시간이다. 오랫동안 이런 홀가분한 행복을 잊고 살았던 것 같다. 삶의 무게를 내려놓은 이런 홀가분한 기분이 참으로 오래간만이다. 흘러나오는 노래를 따라 부르며 어린 시절 느꼈던 홀가분한 가운데 느껴지는 순수한 즐거움을 맛볼 수 있었다.

그동안 너무 바쁘게만 살아온 것 같다. 열심히 살아가는 나에게 가끔 이런 선물이 필요하다. 나에게 자주 이런 선물을 해주고 싶다. 커다란 선물이 아니라도 나 자신을 위한 선물이라면 무엇이든 감사하다.

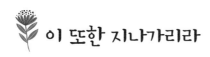
이 또한 지나가리라

몇 년 전 전학을 갔던 학부형께 며칠 전 연락을 받았다. 나는 가정 문제로 인해 방황하며 힘든 상황에 있던 아이에게 "긴 터널 뒤에는 반드시 끝이 있으니 무엇보다 마음을 지키고 목표에 집중해서 아름다운 꿈을 이루기 바란다."라는 내용으로 편지를 보낸 적이 있다. 학부형은 그 아이가 편지를 읽고 용기를 내 그 꿈을 이루어 가고 있다는 반가운 소식을 들려주었다. 교사는 이럴 때 가장 보람을 느낀다.

어려운 상황 속에 있는 아이들이 많을 때 교사는 아이들과 함께 그 어려움을 버텨 주어야만 한다. 끊임없이 상담하며 위로도 하고 지도를 한 후 아이가 감동을 받고 잠시 변화되기도 하지만, 힘든 상황에 있는 아이에게는 그것을 유지할 수 있는 힘이 없기에 쉽게 깨지는 것이 도덕과 규율이었다. 그럴 때는 나도 피하고 싶고 외면하고 싶었다. 그 시간이 빨리 지나갔으면 하는 마음이 절실했다. 교직이 내 적성이 아닐지도 모른다는 생각까지 하게 되었다.

그러나 그런 생각을 할 때 지난 제자들에게 보람을 느끼게 하는 반가운 소식들이 들려온다. 교사는 그런 보람으로 힘든 시간을 이겨낸다. "이 또한 지나가리라."라는 말을 되뇌며, 변화가 아주 더디기에 지도보다 더 힘든 '함께 버텨 주기'를 해야 할 아이들을 만날 때는 오랜 세월 후 또 그들이 보내 줄 반가운 소식을 상상해 보아야겠다.

명품 강사들이 있기에 세상이 아름답고 행복합니다

자성화 쓴당